U0534094

你的生活就这样了？

颜卤煮 / 作品

Is your life like that?

人民文学出版社

图书在版编目（CIP）数据

你的生活就这样了？／颜卤煮著．—北京：人民文学出版社，2017
ISBN 978-7-02-013151-8

Ⅰ.①你… Ⅱ.①颜… Ⅲ.①散文集—中国—当代 Ⅳ.①I267

中国版本图书馆CIP数据核字（2017）第179970号

责任编辑　徐子苜
责任印制　苏文强

出版发行　人民文学出版社
社　　址　北京市朝内大街166号
邮政编码　100705
网　　址　http://www.rw-cn.com

印　　刷　三河市西华印务有限公司
经　　销　全国新华书店等

字　　数　185千字
开　　本　880毫米×1230毫米　1/32
印　　张　10.125　插页　1
版　　次　2017年10月北京第1版
印　　次　2017年10月第1次印刷

书　　号　978-7-02-013151-8
定　　价　39.00元

如有印装质量问题，请与本社图书销售中心调换。电话：010-65233595

为什么我们总是易于追逐,
又易于厌倦?

目录 contents

Part 1. 你敢说你活得不错

永远不要让方法决定目的,而是为了目的寻找方法。

- 002_ 路子"野"的人,世界是他们的
- 008_ 每一次试图背离自己,结果却是愈加凶狠地回归
- 013_ 极简是金,而年轻的人啊,总在迷恋复杂
- 019_ 那些突破环境限制,从周围人中脱颖而出的人
- 025_ 最让人羡慕的,是那些活得特别明确的人
- 031_ 总被人"欺负"的情况,是如何发生的?
- 036_ 有一种魅力,叫惜字如金
- 041_ 是这些,在阻挡我们对生活的厌倦
- 048_ 爱情里那些未解之谜,就让它随风散去
- 055_ 去抓住,那些还未被提前设想过的美好
- 062_ "不"字都不敢说的人,还能做什么?

Part 2.

换一种逻辑，
生活会更好

有时候，把逻辑想明白，换一下，生活就会好很多。

068_ 换一种逻辑，生活会不会好一些

074_ 谎言到底是什么？

079_ 那些快速打动人心的伎俩

086_ 你必须内心丰富，才能摆脱生活表面的相似

092_ 这世上从没有什么"来日方长"

097_ 再有本事，也不妨碍你的温柔

102_ 心变得温柔，是因为懂得了生活的复杂性

110_ 是不是必须充满敌意，才能活得成功？

117_ "为什么即便得到，却仍旧不安"
　　 |顺序错了，生活永无安宁

123_ 不要吝啬把功劳给予他人

129_ 单身，真的是一个坏选择吗？

135_ 备胎，一种不确定的中间状态

Part 3.

女人 这种生物

女人的生命中需要有更多发现自己、成为自己的时间。

142_ 明明嫁得好，为什么李玟还这么拼？

148_ 你以为做个坏姑娘，日子就好过了？

153_ 女人，尊重比宠溺更加重要

160_ 女人最抗拒不了哪种男人？

166_ 漂亮容易，性感难

171_ 有灵魂的女人都是好色之徒

176_ 为什么亚洲女人那么怕老？

182_ 为什么有些人明明长得一般，却叫人欲罢不能

187_ 如何快速脱离失恋期？

Part 4.

告别过去的自己

真正爱自己,是你终于接受自己是谁,
你的能与不能,你的开放与边界。

194_ 人生最重要的一天,是爱上自己的那一天

200_ 人世间最美的东西,是遥远的相似性

208_ 为什么日子越来越好,爱情却越来越难?

214_ 真心对你好的人,并非总能让你欢愉

220_ 真正的善良,是一种选择,不是本能

225_ 最难走的一条路,叫回头路

230_ 最终,你会告别那个爱瞎凑热闹的自己

237_ 那些偶然性的开始和心甘情愿的坚持

245_ 为自己而活,到底有多难?

252_ 对待生命,不妨大胆一点,因为我们终将失去它

路子"野"的人,世界是他们的

(一)

愚人节当天,朋友圈里有人发邓文迪和普金的八卦,出于好奇,我搜了一下邓文迪早期视频。一个细节,说明了一些有意思的东西。

关于邓文迪,提前声明,本人对她不做个人评价,挺没意思的。只是觉得,要看一个人,就看到 TA 最深处。所以,这个细节是什么?

从视频来看,邓文迪的英文并不标准,浓郁的中国口音,句子不连贯,更别提语法了。她的表达基本是词语冲在前,跟着断断续续的词能明白个大概。尽管如此,她语速依旧很快,肢体语言非常 compelling,要么挽着对方胳膊,要么抓着对方的手,让人很难抗拒。

这个细节说明了什么问题?
她是百分百以个人目的为导向的主动型人格。
为什么从这个细节能说明如此?
陌生语言的使用,很能说明一个人是主动型还是被动型(观

Part 1.

你敢说
你活得不错？

Part 5.

到底怎么做才有用

我就是我，你就是你，
没那么多喜出望外的"本是同根生"。

258_ 如何改变职场上"弱弱的"境况？
最有效的就是最笨的方法

264_ 使人有乍交之欢，不若使其无久处之厌

270_ 世间从无双全法

275_ 为什么越优秀的人，越难觉得快乐？

281_ 为什么总是易于追逐，又易于厌倦？

286_ 有些东西，你能接触到，不代表就属于你

291_ 尊重你身体中那些互斥的力量

297_ 好眼光，是能在事物成功之前就发现征兆

302_ 人，如何跟生活发生一场正确的关系？

309_ 人在没有平台的时候，如何能尽快"起来"？

望型）。

很多人开口说英语之前，都忍不住想：我口语标不标准？词汇用得对不对？句法组织得准确吗？时态没用错吧？他们总在某一刻被形式压倒，太在意外界的东西。

邓的视频中，让人有一种强烈感觉：她说话的时候，被表达的欲望完全充满了，那一刻里，她只有一个目的——说出我想说的话，仅此而已。

说到深处，**庸常之人只是崇拜权威，从不敢说"我自己就是权威"**。

其实，如果一个人真想表达并明确要说什么时，不管用词多怪，语法多破，光用态度就能传递出完整意思。

沟通的本质，是一种复杂意味的传达，当你的意志力和气场足够强烈，完全可以穿透国度和文化，这个东西跟语言无关。

相反，如果你内心是空的，再标准的语言传递出来的也是自卑和不连贯。语言，终究只是工具，那些希望靠学英语改变命运的人，未免幼稚。

光这一个细节，就能看出邓这种人骨子里的特质：我想做的，想说的，比实现它们的手段，更重要。

在她的思维里，**目的决定手段，end justifies meaning.**

而我们，**总在用手段丈量目的，所以最初的梦想，必经受打折的命运。**

(二)

前文说到一对范畴：主动型和观望型，这就是今天文章的主题。

昨天跟一位朋友聊天。

我说：人啊，要做一件事时，总在想，我学历够不够，经验够不够，能力够不够这些东西。

她说：嗯，都在观望着做什么能成，却很少想，我想做什么，必须要做成什么。

我说：说到底还是不够强，按规则考量自身行为，害怕触犯规则。

她说：是，观望型心理的一个点就是：怕。再优秀的观望型只能在规则里活得不错，但很难创造规则。

我说：主动型人的内心宇宙反而简单，因为他们一心笃定自己就是规则，就是权威，就是标准。

后来，我跟她说了一个真实故事。

多年前，长沙一个脏乱差的小街道上，有个卖猪头肉的男人，矮、丑、黑，初中没念完。男人靠卖肉为生，但聪明、勤快、有勇，看上了邻街一位比自己小十几岁的女人。

女人美，当时怀了其他男人的孩子，但没结婚。男人打定主意就是要她，追到底，女人从，跟男人去医院做了引产重新开始。

几年后，男人猪肉生意越做越大，女人既能吃苦也很厉害，小两口干掉了那条街所有猪肉摊，垄断整条街的生意。

二十世纪九十年代，市场经济起来，男人卖掉猪肉摊，和女人去珠海做建材买卖，赚到了第一个一百万元。再往后，越滚越大，经济转型又做投资，大发。

后来听说两人都"人模人样"，各自搞了个MBA，他还把女人送到伦敦读大学。说话还能听出一口子本地土味，但没人再把他视为当地卖猪头肉的"水老倌"（长沙本地话：意思是很乱的地方的混子）。

这个故事在众多白手起家的"传奇"中根本算不了什么，也必然有很多不光彩的灰色地带，但遮掩不住核心：

知识固然重要，但更重要的是个人的见识、决断力和意志力。

（三）

作为一个读了二十年书的"书呆子"，自己一直很欣赏一个词：优雅的野性。知识不应该成为负担，而是人生锦上添花的东西。

但实际情况是，读书多的人，反而常常胆小而懦弱。（不是指学历，而是喜欢读书，思维发达而执行力太弱的人）

被知识绑架，被规律压倒了。

读书太多的人，有种过度把一切模式化的毛病，说得好听叫理想主义，说得不好听，叫作纸上谈兵，眼高手低。

规律，毋庸置疑重要，但要分清楚什么是本，什么是末。

一个没有想法的人，读再多书，始终很难通。不通其实是好事，**情况糟糕的是通了一半，心却更苦——明明知道那么多道理，却偏偏过不好这一生。**

不光是读书，其他领域也是相通的。

前两天跟一朋友吃饭。她是资深设计，以前在广告公司，生孩子后一直在家，想自己做做服装生意。

"从大广告公司、市场部出来的人，都特别'不接地气'。"她说。

"路子太正？"我笑着问。

"嗯，以前在大公司不觉得，现在自己做生意，发现完全不是一回事。这些地方出来的人，开口就是要先做品牌，做宣传，说故事，毛线啊！"

"行业里的学院派。"

"自己做生意，必须要先卖货的，赚第一笔流动资金。一开始就搭大架子，整那些虚的不亏死才怪。"

还是迷信规律，创业最忌拿模式套实际，空谈策略。**大部分时候，并不是方法在前，实践在后。实际情况是，成功的实践在前，方法才被总结出来。**

规律和模式，可以是一条捷径，也能是一道坎，最终决策在人自己。分辨出当下规律是捷径还是阻碍的关键在于——**它是否符合**

我的目的。

永远不要让方法决定目的，而是为了目的寻找方法。

别让任何所谓"理论"、"权威"和"经验"成为最终决定因素，对于人生，自己一直持一个自我的观点：**我有勇气接受错误的人生，如果那是自己当初一心要的，而不愿过所谓"正确"的日子，若那仅仅只是别人口中的"正确"。**

起码我相信过自己。

人生因为"信"而丰盛，否则不过是一具傀儡般死气沉沉的躯壳。装在里面的灵魂如果一直是死的，那也还好，如果恰巧醒了，又无勇气挣脱，注定一生痛苦。

这世界其实挺贱，再任性乖戾之人，只要坚持到底，总有容身之处，且越过越顺；相反，一个不敢做自己的人，做什么都是错，世界处处与 TA 为敌。

最后，送给大家一句话：
世界，不在地图上，不在书本里，它在你的脚下。
做自己。

每一次试图背离自己,结果却是愈加凶狠地回归

人总是低估了一件事情的难度,那就是**改变自己**。
每一次信誓旦旦的"从此以后",却都以"回归初心"而告终。
违背本性逆向而行,结果就是愈加凶狠地回归。

(一)
最近和一位朋友划船,得知她相亲再一次失败。
"和以前一样,又分了。"她摊手,淡淡说。
她是一个优秀、好强、独立的女孩,敢于面对自己在感情上的"问题",却从没有成功改变过。

"看得到一些问题,却改不了。"她说。

在一些人眼中,她或许有些心高气傲,但作为好朋友,我眼看着她一次次尝试着成为别人眼中"懂事、正常年纪做正常事情"的

女孩子，结果又一次次回到了最开始那个倔强的自己。

"努力过却又一直改不了的话，就别再费力成为那个不是你的另一个人。"我说。

"什么意思？"湖面上，她转过头望着我。

"**如果一再试图改变，却总是变本加厉地回来，或许是你跑错了方向。**"我说。

对她来说，一个人打拼并不辛苦，充实而快乐，至少内心是轻松的。但身边人却觉得她很苦，总是劝她早些安定。久而久之，她也觉得有些孤寂，隔一阵就吵着要找男朋友，折腾折腾之后，又次次落回单身。

接下来就是一段长长的空虚、沉寂和消停。

我很理解她那种复杂的心情。

和那些心安理得没心没肺做自己的女孩不一样，她是个很"懂事"的人，所以会努力按照一些法则去生活，无论是选择恋情，还是工作道路，却终究勉强不了自己。在这个不断尝试的过程中，也曾伤害过一些人，所以她总活在淡淡的歉疚与自责之中。

"你知道，每次如此折腾的真实感受是什么吗？"她问我。

"难过？"我问。

"不是，是**轻松**。"

"怎么会？"

"嗯,是那种'我真的努力了却还是不行'的轻松感。"

"噢,明白了。"

"就是'你们看,我尽力了,真的不行,所以还是按照我自己的来吧'。犹如你明明不想考公务员,可别人一直劝你考,于是你动摇了,考了却没考上,那种轻松感。"

"一旦真考上了,反而害怕。"我说。

"更可怕的是,每隔一段时间我都会需要这种感觉,来证明自己真正是谁。"

"我懂,有时候活着活着,会不知道自己走到哪了。"我说。

"你明明是陆地动物,别人都说你该下水了,于是你下水试试,终于呛到,才相信自己还是应该生活在陆地。"她说。

人一辈子,总有很多嘈杂的声音和诱惑,于是我们会忘记自己初始的感受,不敢确信自己是谁。所以人活于世的一个无奈在于,**我们很难一直依靠充分的自我确信而活着,必须用一些"自虐"的方式(逆行、走弯路、自毁)来从反面确证自己到底是谁。**

无论是感情还是生活,每一次失败都在告诉你自己是谁,应该朝什么方向走。

"人啊,看起来都是忽然改变了才过得更好,其实,恰恰是因为他们彻彻底底成为了自己。"她忽然回过头,说。

"啊?什么?"我没回过神。

"人，是因为越来越像本来的自己，才终于过得更好。"她说。

（二）

当一些人飞黄腾达时，世俗常认为是他们时来运转，变成了跟以前全然"不一样"的人。然而，他们不是变成了其他人，只是找准了自己，且更加成功地成为自己。

所谓"时来运转"，不是以前多倒霉，而是以前背离自己本性太远，像灵魂流浪在别处许久，忽然幸运地找到了更快、更彻底、更释放自己的那一条路。

每个人，都有一个自己独一无二的内核，可以理解为优势、天赋、性情、喜好、气场等，总而言之就是最适合自己的东西，它们无形之中决定着你走的方向。

这个世界上，向别人学习、修修补补自己并不难（大部分人一辈子都在干这件事），最难的是在嘈杂中摸清楚自己的内核，**让一切外界信息围绕着这个核来选择、填充、丰富。**

这时你才能成就自己。

人年轻时总是软弱而疏松，会自卑地掩盖那些不合群的因子（这恰恰是开发自己最重要的切入口），轻易就让外界的各种异在进入自己，改造自己。

外界并不能总与自己的内核匹配，所以某段时间我们会被诱惑、会跃跃欲试，然后失望、怀疑、挣扎……不断消化着外界信息，又不断抵制着自我的丧失。

比如,有些人天生喜欢并享受孤独,擅长在独立思考中创造,但在世俗看来,孤独是可耻而不合群的,所以孤独爱好者们在早年往往经历过世俗化与外物化的过程。

但倔强的人总会一再地发现:江山易改,本性难移。**每一次试图背离自己,结果却是愈加凶狠地回归。**

或许需要很长的时间、很多次反反复复的怀疑才能明白:**最好的路,潜藏在你自己的特质里,如果连自己都接受不了自己,那么谁也接受不了你。**

人,注定是在成为自我的路上才越走越远,越走越精彩的。若能认清自己,抓住内核并勇敢走到底,走到极致,谁都抵挡不住你。

反之,在繁芜的信息中来来回回,什么都拿进身体里消化一遍,修修补补把自己整成了一个四不像。更有不顺者,或许会在一条并不合适的道路上死磕到底,浪费时间,多么可惜。

所以,人常说,努力是必需的,却不是决定因素,**找准方向才是。**在任何一个年纪,唤起自己都不算晚。

极简是金,而年轻的人啊,总在迷恋复杂

(一)

人年轻的时候,总在迷恋复杂,包括我自己在内。

迷恋复杂的物件、迷恋复杂的理论、迷恋复杂的男人、迷恋复杂的朋友,迷恋复杂的自己。

越是看不懂的,越觉得有魅力;越是简单的,越觉得无趣;生怕世界一眼就看穿了自己,生怕别人眼中的自己是一个没有故事的女同学;那些善良而真实的东西,一再被打入冷宫,因为觉得它们配不上戏剧性的青春。

每个人年少时,都希望自己能活成一场戏。

(二)

为什么当时那么迷恋复杂呢?

想想也很正常,就像小朋友爱跟在大孩子屁股后面做跟屁虫一

样。在小孩子眼里，大孩子是力量、聪明、高级的象征。

对年轻人也是一样，成年人复杂的世界散发出一种致命的吸引力。

但这其实只是一层表面的壳，并不是生活真实的样子。

比如，你迷恋一个复杂的男人。其实，喜欢的不是复杂本身，**而是迷恋复杂过后的那种风轻云淡与沧桑感**。

比如，你想成为一个"成功者"。其实，想要的并不是爬向成功的过程，而是迷恋成功后**别人的眼光和自我的扬眉吐气**。

你着迷的是效果，而他们走过的是过程。

过程才是踏实被人握在手里的东西，它证明了这些效果（名声、金钱、成就、生活条件等等）的所属权在你。

但往往也是过程，消磨掉了一个人对于效果的在意。

被迷恋的对象并不觉自己复杂，也并不觉得自己现在的状态有多么了不起，他只是一步步历经过程，变成了后来的样子。

所以只要你还处于这种迷恋阶段，就永远成不了迷恋对象的样子，因为你总把复杂的成人世界看作一种"传奇"，但实际上，待你走上他们的路，你也会变成那样，才发现生活中并没有什么传奇。

平地与山峰之间，确实是巨大的高度差，但把它们衔接起来的，是一个个缓坡，这些缓坡就是生活的过程。

在缓坡的爬行中，你越来越成熟睿智，条件越来越好，换了更贵的衣服，出入更奢华的场地，结识的朋友更加优秀，但事情依旧是那么琐碎，关系依旧是那么让人头疼，生活工作的核心还是喜怒哀乐柴米油盐。

你才发现，活着的本质从没变过，它们只是不断更换着一套套背景和场所。曾经那么羡慕的成熟、复杂、高大上，最最最内里的处理对象，始终如一。

于是，你不再天真地去向往一个一劳永逸的"别处"，反而接受了生命的最基本规律：重复。

在不断的重复之中，你也终会走向复杂。只不过那个时候，你反而会向往简单，简单，再简单。

（三）

极简，是自我发现。

了解自己最真实的欲望，是一件很难的事，人最容易对自己撒谎。

明明想做个匠人，却欺骗自己说想做老板；

明明想做学术，却欺骗自己学投资最好；

明明想做艺术，却欺骗自己说做管理最合适。

人内心最想要的，常常被世俗中的伪愿名正言顺地遮蔽掉了。

不知道从什么时候开始,社会开始蔑视"技术",而过度推崇起了"关系"。或许这也是为何朋友圈里频频出现很多对于"人脉"、"资源"、"聪明人"的呼呼吧。

其实,什么让自己快乐,什么是发自内心想做,什么才能实现你自己认同的价值,迟早都会浮出水面。

人的一生真的很短,我只是担心这个发现的时间太长,而耽误掉了去实现它、体验它的时光。

在毕业即将满第三年的时候,我辞去了工作。

当生活朝着自己控制不了的方向流动,当自己渐渐长成难以描述的奇怪面容时,我勇敢收束了它们,决心用最真实的面目示人。

(四)

极简,是舍弃。

不能带来效用的物品、徒增烦恼的心绪、无效冗余的社交、过多的形容词描述……像修剪枝干,这些耗精费神的细枝末节,通通剪掉。

对于事情,分辨出什么是真正想(值得)做的,什么是你不得不做(但也要做好)的,什么是你可以不做的,等等,给它们列一个灵活的等级,按照等级安排时间精力,让效用最大化。

对于情绪,学会感知哪部分是你应该继续投入重视的,哪部分是纯粹的发泄(那就充分放任它的释放),哪部分是于你的生活无益甚至有隐患的(当下就切断它)等等,一切以**是否值得**为衡量标准。

对于事件和影响,我们常常以为最好的方式是任其发展,让它们自己消失。但实际上,人主动施加的影响才是最大的。

能够在当下 close 掉的东西,决不再给它介入未来的一丝机会;已经扩散造成影响的东西,立刻结束它下一秒的继续扩散。

(五)
极简,是专注。

很久之前,在工作中曾被人安利过"管家婆"的工作方式:必须时时刻刻把控一切,这也管管,那也瞅瞅,哪儿哪儿都要插一手。

但自己一直做不好,确确实实感觉能力单薄,无法 cover 住所有。这里扯着那里绊着团团转,最后一件事情都没有做到满意,更没有形成自己的独特优势。

于是我开始做减法,学习专注。

人可以多线并进地生活,却必须有重点,这需要分析和排序。此时此刻的需要,长远未来可能的需要,它们之间的关系,心里都要大致有数。

专注,还意味着排除杂念,只关注当下这件事本身。一旦决定做,就不去想万一失败了怎么办,这件事有多少先天困难,做这件事时我会失去什么,别人怎么看等等。

只要被这些杂念绊住,基本都很难做成。

运气喜欢欺负意志力薄弱的人,越自我暗示,越做不成,越"不顾"后果的人,反而一鼓作气。就像走钢丝,闭着眼横下心的人,大步到底,东张西望哆哆嗦嗦的人,粉身碎骨。

(六)
当一个人选择回归极简的时候,才是从虚走向了实。

与其去羡慕、幻想那些并不了解的东西,倒不如集中精力,先将手中已有的扑克打出一手好牌。

发现自我,舍弃冗余,专注于所长。

那些突破环境限制，从周围人中脱颖而出的人

从前，自己是个彻彻底底的环境论者——

那时，我相信名校毕业的一定比普通人优秀、相信高大上公司的一定比草根牛逼、相信外来的和尚一定更会念经……

现在，不否认这个定律的作用，但它只能起到**一般性作用**，而**不是决定性作用**。

优越的环境确实有大概率造就出优秀者，却不一定能造就出尖子。尖子从来都不是环境的产物，他们是彻彻底底的反环境者。

环境论，并不是主宰这个世界的决定性规律；反环境，才是。

（一）

能从恶劣环境爬出来的人，是充满意志力的能力主义者，这样的人少之又少，出类拔萃：

他们是永不满足的找碴者，按自己的目的给事物重新设立标准。

人有一个很大的弱点：被同化。

活得轻松，大多因为与四周融为了一体，也即，适应了它们。但活着的终极意义，不在于适应，而在于折腾——**人生来是要不断改造外界，生产价值的。**

那些能够突破环境限制的人，他们总能发现身边不足，从不陷入舒适区，沦为软弱的乌合之众。

有一位远房姐姐，三十岁出头就已在老家开了一家投资公司，入股多家企业。有一次，我俩微信上随意聊到一件事，结果过几天她就直接飞到了北京找我，吓我一跳。

"你怎么忽然就来了啊？"

"说过的每一件事都必须认真对待。要么不做，要么做到最好。"她在饭桌上对我说。

我一点不怀疑她的成功。

这样的人，从来都瞧不上"凑合"，他们给一切对象重新制定严苛的标准。

他们有旺盛的想象力，能跳出现状，创造更好的可能。

我们常夸一个人有悟性，所谓悟性，其实是一种很重要的特质：想象力。

我在《有灵魂的女人都是好色之徒》一文里稍微提到过：没有想象力的人，大多无情无趣。

其实，想象力不仅是一个人性魅力的重要特质，更是其事业上的重要特质。

小方面来讲，有想象力的人，能跳出当前深囿的一切，去构思一个更大的 picture，并推演、实践与验证。

大方面来说，人类历史上所有运动，根本的推动力都不是实际现状，而是乌托邦。

乌托邦，就是想象力的极致。

正如埃里克·霍弗的《狂热分子：群众运动圣经》所写，一切狂热运动有两个条件：

1. 强大的造梦能力；

2. 极强的逃离当下的心理。

很多时候，人生的成功，就是一场狂热运动。

对人而言，想象力过于旺盛，既是幸福，也是煎熬。有些人一辈子都在眼高手低，求之不得，因为并不是每个人都有足够的执行力。

他们的执行力超出常人，自我驱动力极强。

一个人能画饼，并不算成功，最难的在于执行，而且是坚持不懈地执行。

刚来北京时，我认识了一个女性创业者 T，她开办了一所儿童类早教机构，那时她才三十岁。T 的出身很一般——生于安徽一个普通小县城，在当地做了五年老师，二十七岁不顾家人反对来到北京独自创业。从一对一上门家教,到自己开机构、开分馆、出书、游学国外、收购公司……

她给我留下的最大印象就是:驱动力极强。

无论任何时候,无论多忙多累,哪怕是公司集体组织出去玩,她都能在半夜拉我起来讨论教案和出版的书稿,在每一个细枝末节的问题上,其思维总是高度清晰、谈吐有力而恳切。

那时我被这种疯狂吓到:一个人怎么能一直保持如此强的主动性,成为几十个人的精神马达,推动所有事务有序进行?

现在回头看,这只是一个创业者的基本素质而已:近乎强迫症的、持续的自我驱动,并不断影响周围的人。

一个自主的人,在任何时候都不会"懈"。

想想那些历史上在狱中数十年,却仍旧坚持读书思考锻炼身体,出狱后重新掀起浪潮的伟人,他们的人生绝非偶然,那是意志力的极致体现,他们坚信:**环境和时间无法摧毁自我。**

(二)

其实,在这些能力的表象下,是两个核心人生观在起作用。

1. 赌徒心理

曾写过一篇文章《比放弃更可怕的,是过度坚持》,核心观点如下:

人生不是线性发展,不是必须先走完第一步,才能走第二步;

事实上，人很自由，尽管去半途而废、抄近路、走捷径。

大部分人活得累而穷，因为他们无法做自己生活的规则制定者，总在遵循规则，强迫自己按"线性"生活。就像排队，选了一队就一定要排到死，明明身边有更快的队伍。

实际上，机会蕴藏在每一个当下，关键在于你有没有关于未来的需求，能发现并开启这些机会。

后来翻看Facebook首席运营官谢丽尔·桑德伯格的《往前一步》，她在书中也表述了类似观点：

职业生涯是方格架，不是竖梯。竖梯会限制人的行动，要么往上爬，要么往下退；而方格架能让一个人拥有探索的各种可能。

所谓"方格架"，就是一种对于时间与资源的自主组合。

一个能够跳出环境的人，世界在其眼中是灵活的。比起严谨的遵守者，他们更像赌徒，胆略超出常人，容忍得了半途而废、冒险尝试、紊乱无序……对他们来说，这些都属于过程的价值。

2. 强大的生存哲学

人的聪慧，大体有二：一部分源于天资，另一部分源于后天智慧。

努力突破环境限制者，他们后天智慧往往更发达——野心勃勃、情商很高、毅力极强。比起温室花朵，这些人像顽强的野草，生命力强悍，生活是靠自己一步步踏出来的。

这种人的成功，在于其奉行强大的生存哲学——**他们相信，人**

应该创造世界，而不是被世界驯服。人生，就是将想法践行成现实的过程，没有比这更可怕的实用主义意志了。

对"事在人为"的推崇，是一种非常有生产力的东西，里面是对欲望、意志和时间的极度信仰：

1. 先天聪明是不够的，人需要的是源源不断的欲望、坚持不懈的努力；

2. 胜利不由现在注定，而在于未来。

纵观历史上的风流人物，莫不如此。

主导一个人命运的，是其意志。一个人可以不聪明，不幸运，不富裕，但如果他的意志强大，几乎是难以被阻挡的。

想想乔帮主的那句 Stay hungry, stay foolish。

再回味，或许会有更深的理解：**追切需要什么，饥饿的身体和心灵便会去找寻。**

最让人羡慕的,是那些活得特别明确的人

总有很多读者跟卤煮提问,大多是关于当下和未来的种种困惑。其实,当把这些问题归结到根上时,就成了一个问题:

你不知道自己到底想做什么。

(一)

小时候,我们羡慕的,是那些有好吃、好穿、好玩具的人;长大了,我们羡慕的,是那些活得特别明确、铆足了劲儿做一件事的人。

那些人的眼睛里,有光。

主观来说,当一个人在为一件着迷的事物奋斗时,他是感觉不到苦的。客观来讲,哪怕结果是失败,他的生命也曾绚烂过,不算白活。

最苦的,是那些明知道时间在消耗,却依旧对生活提不起一丝兴趣的人。

（二）

世界，似乎也被这样两种人一分为二：

时代的领先者，大多是那些已经找到了"生命答案"的人。他们在人生前半段幸运地发现了热爱的事业，并朝着笃定方向，创造价值。

另一半，则是跟从者，他们没有找到（或正在寻找）自己"生命的答案"，只能随波逐流，在前者开创的世界里，按其制定的规则活着。

人与人之间的差别，根源在于心智开化的早晚。世界属于那些更早找到自我的人。

推动文明前进的，从不是客观外物，而是人的主观意志。当你有了一个"信"的对象，便会奋不顾身去实现它。这个过程中，你不知不觉就改变了这个社会。

所以客观文明的进步，其实只是一个附加结果。

无论是近代历史革命，还是互联网时代的商业变革，无不如此。

人最怕的，便在于这个"信"来得不是时候：有能力的时候，不知道想干啥；无能为力的时候，忽然知道了自己想做啥。

（三）

所以张爱玲说，出名要趁早。

得在你还有试错成本的时候，先折腾出点事儿来，不然老了，机会真的就少了。

但，知道自己想做什么，从来都不是一件轻而易举的事。

首先，你得有这个意识。

纪德在散文集《人间食粮》中写过："你永远也无法明了，我们作了多大努力，才对生活发生了兴趣。"

他看到了人活于世的荒唐性：理智的人类，总要先找到合理性，才会开始干一件事。唯独活着，这件最根本的事，我们偏偏只能先做再想——

一出生就稀里糊涂往前走，渐渐才发现：为啥要活着？我咋对日子一点奔头儿都没有？

当你有了这个意识，才算有了主动性。可惜很多人一辈子都没有这个意识。

有价值的生活，始于你开始寻找自身存在的合理性。

（四）

其二，**你要有意识地努力，沉入生活。**

在寻找过程中，确实有很多外部因素：原生家庭、环境差异、遇见贵人等等。

刨去这些，**努力，是最大的一个影响因素。**

那些领导世界的人，他们不是一出生就"bingo！"一下知道了自己是谁，想干啥。事实上，他们早早就把自己抛了出去，投身于各种运动、事件之中，不断试错，大大缩短了这个自我认清的过程。

他们的生命浓度往往超出常人。

什么是生命浓度？

举个简单的例子：同样是二十五岁的青年，一个在北京创业三年，一个是在五线城市工作了三年的公务员，他们的生命浓度一定是不同的。

此处并无褒贬倾向，不涉及价值判断（哪种活法更好）。

只是说，同样三年里，前者经历的人事、处理的信息、内心的变化、对时间的管理、多线切换的能力等，都会更深刻。

一个生命浓度更大的人，有可能更快找到自己是谁，摸清自己的轮廓。

当我们读一些历史传记时，会发现那些人在学问上下的功夫、年轻时投身的事业、对一些信念反反复复的倒戈、徘徊，其心智经历的一切，一辈子的生命浓度几乎抵得上我们好几十辈子。

所以，与其抱怨眼下，不如努力于每一个当下——

主动增加生活的颗粒感，让自己不断与其碰撞、发生更多关系，反思并不断获得关于自身的认识。

（五）

注意，**这个过程里，要认准的是过程价值，而不是结果价值。**

比如，刚毕业的你，听从了"先就业再择业"，找了一份并不了解的工作。

无意识里，你却把它当成了为之奋斗终生的事业，只要稍微遇到一丁点困难就痛苦万分：不想干，又不得不干，好烦啊！

人一旦把所有对象都当成终极结果，就会活得特别"重"，缺乏灵活性，反而易脆不堪。 一件事，若不喜欢，就试着看它的过程价值：如果能从中获得你需要的益处，keep going；如果没有，那就换另一个方向，继续试错，没什么大不了的。

当你把过程价值和结果价值分开时，会发现，世界完全不一样了。

结果价值往往是：升职、加薪、老板表扬、公司上市……它其实更适用于这种情况：你已经找到了某些明确性，认准了要做某件事。

在你还没有找到明确性之前，你需要的是过程价值，比如：业务知识、遇事能力、资源积累等。

这样你能更快抓住主要矛盾，而不是被其他的东西挂碍住。

（六）

不要瞎干，要有反思与变通的习惯。

有些人是很舍得干，走南闯北，最终却遍体鳞伤。因为他狠狠把自己抛向了生活，却用错了方法。

一个人固执，有时候是好事，有时又是坏事。

当一个人固执于目的，而灵活于方式时，可能是好事。

比如，你就是要做一个作家，无论用尽各种方式，你都会愿意尝试、验证、反思。

就像一枚钉子，铆着一个目标从不同方向用力，只要坚持，你很有可能成功。

当一个人固执于方式，而灵活于目的时，大多则变成了坏事。

比如，你十八岁想做作家，二十岁又想做导游，二十五岁又想做糕点师……但你从事这些事情的方式，从没有验证改良过。

就像一个没有主心骨的锤子，这里锤一下，那里锤一下，总是用同样方式做不同的事，很可能失败。

所以，**人既要有投身于生活的勇气，也要掌握方法。**像一个冲浪者，有勇气直入生活浪潮的深处，但更需掌握进退。

（七）

当我们为琐碎而烦恼时，往下想一层：**你是否完成了自我发现？**

这是一个很重要的分水岭——

有些具体烦恼，是你已经实现了一定自我明确性之后出现的，更多需要用结果性眼光处理；

有些具体烦恼，当你还没完成任何自我明确性时，不妨用过程性眼光来对待。

同时，只要是依旧还不知道"自己是谁"，主要任务就是先明确自我，而不是一个个具体烦恼。请切记这一点，解决具体事务的过程最好能为明确自我而服务。

否则，时间就如沙子一般，匆匆从琐碎中溜走，而你却一直不知自己在为何而奔忙。

总被人"欺负"的情况,是如何发生的?

生活中有一种人:性格不错,做事也努力,却总"命途多舛",处处受人欺负——

在老公司,被同事针锋相对,沦为受气包;

去新公司,被比自己年纪小的小弟小妹吆来喝去;

在领导面前,唯唯诺诺,做什么错什么;

很多关系一开始都还不错,却总是一步步越来越衰……

问题到底出在哪里呢?是他们天生就很"衰"吗?

(一)

其实,被人欺负这种事很正常。但总被人欺负,就有些问题了。

一个人能成功地欺负到你,不外乎两种原因:

1. 客观背景或地位比你优越,比如来自于上司的"挤对";

2. 仗着信息掌握比你全,在姿态上比你有优势,比如职场菜鸟遭遇排挤。

刨去"走后门""关系户"这种由客观关系位置决定的不公平，实际上，第二种情况才是生活中大多数"欺负"得以成功的必要前提：**你在某个领域、某个行业、某个事件中的辨别能力太弱，导致判断力极其低下**。这种情况下，最容易形成心里发虚的墙头草状态。

其实，当一个人信息量太少时，最好不要鲁莽行事，应该先做一个听话的执行者，在执行过程中不断验错、反思、总结，形成属于自己的信息库与判断标准。

但是，听话的执行者，并不是不动脑子舒舒服服地当一台复读机。恰恰相反，原始积累时期，一个人的主动权更加重要。

针对一个决策，需要主动动脑，分辨清楚几种信息：

1. 哪些部分是在你的能力范围内可以确定的？判断依据是什么？它们源于哪里？弄明白你的已知信息和渠道长处对后续学习很有帮助；

2. 哪些部分是有待验证的信息（或是需要进一步积累学习的）；

3. 它们可能会在接下来哪些事情上得到印证；

4. 大概什么样的分支环节，会印证到哪些具体结论？

5. 你对这个决策总的预先看法是什么？

6. 如果想知道答案，那就推动事情快速实现验证。

比起直接做决策，人在积累信息阶段时，其实更要留心眼，提前规划、预判。

举个例子,假如你新参与一个项目,大致思考一下:哪些部分是你拿得准的,哪些地方是力不能及的。力不能及处,多虚心听取别人的意见,少说多做。记得,提前思考所有的关键部分,力所能及推论到一切可能,并 mark 好假设。

主动性不是一个人多么 strong,而是一个人多么 sharp。

它不仅跟力度有关,更跟敏锐度有关。

可以说,一个主动意识强的人,永远没有不操心的时候。即便是别人做了,你也要提前想到。

你想了,不一定能用上,但你不想,那就是你自己放弃了主动权。

(二)

当人处于信息较少的"弱势方"时,只有一个选择:**加速学习,最短时间内补足缺口。**

大部分情况下,一个经验丰富的人,是很难被欺负到的。

这里面深层次的是人性,无关人品——当你的认知经验高人一等,总会多少有些优越感,并本能地想维持这种优越感。

这就跟大叔喜欢找萝莉、御姐乐意找鲜肉是一样的道理,分分钟 hold 得住对方。而萝莉和鲜肉,之所以"挨打",正是由于他们的阅历太浅。

所以,文章里的"欺负",更多是一种泛指——**蒙昧中,人是无主心骨状态,从而只能接受别人影响。**

这种状态很正常,甚至贯穿在人的一生中(每个人都不可能通晓所有领域),只是:

1. 你要清醒地认识到自己的被动状态;
2. 你需要控制自己被动状态的时间长短。

这两点就是一个人主动权的体现。

但很多人在这两点上毫无察觉,并且对于自身局限性(一个决策中自己有没有想法,占多少,别人的占多少,是不是被人带跑了等)也几乎没有意识。

因为没有对自身局面的反观能力,所以也就没有改变局面的意识,更谈不上什么规划了。最后总要等到自己感觉不舒服,哪里怪怪的,才埋怨一直被人"欺负"。

其实最不舒服的,不是别人把你揍了一顿,而是你自己总是稀里糊涂就被人唬过去了。

回头想想,你刚入职那时候走的弯路,大多都是在信息不对称下发生的,搁现在肯定能有更多"更优解"。

所以,辨识能力处于弱势没关系,最怕的是根本性不足:缺乏主动的自察、自学、自立意识。

首先,敏锐起来,从意识上开始主动;

其次,尽快达到信息对称,制造更多信息对称的机会;

再次,哪怕无须独立决策时,也请务必主动思考,形成自己的想法,并梳理清楚这些想法的支撑点是什么。这样,当验证结果出来,哪怕错了,也能追溯清楚错在哪个环节。

反欺负的最佳武器,不是欺负回去,而是内驱,让自己自足起来,外物才不会那么容易入侵和撼动你。

有一种魅力,叫惜字如金

(一)

我特别欣赏一种人:不说废话的人。

生活里,有些人说话总是掺杂水分。"水",不是指作假,而是指**话语凝练程度极低。**

比如,喜欢加很多无关痛痒的词,尤其是宏大的词汇,"模式"、"规划"……

比如,喜欢用转述口吻或夸张语气来表达事实层的东西,"我就说,当时我就特别××××呢,果然,×××××,就知道!"

再比如,一次次重复描述一件事,使用一些词——"我觉得""你知道吗?""你能懂吗?"还有一种,喜欢绕来绕去,核心意思要听半天才能搞清楚。

(故意拐弯抹角的话术不在此文范围内,此文只讨论表达习惯和能力。)

(二)

为什么自己会欣赏不说废话的人呢?

因为,人的能力和性格,和话语之间,有一种准确的对应关系。

从能力方面说,一个人说话,本质是一个抵达目的的过程。

当说话要经过很多弯路,能反映出两个能力缺失:

1. 目的性弱:搞不清到底想表达什么;

2. 逻辑性差:分解目标、组合事物的能力太差。

当一个人说话精准明确时,能反映出以下能力:

1. 抓得住重点:蹩脚的说话者,总在做加法,越描越黑,而精练的说话者,大多是在做减法,只把最核心的东西拎出来;

2. 深思熟虑:习惯捞"干货"说的人,早就在心里把细枝末节剔除得差不多,他们习惯先想清楚再张口,脑子一般转得也很快;

3. 情商不低:人的注意力有限,如果铺垫太多,听话者是没有耐心听下去的。所以不说废话的人,大多深谙听者心理,知道如何在有限时间里吸引注意力,不耽误彼此时间。

(三)

能力之下,更深一层,是一个人的性格。

1. 克制力

说话做事懂得"留白"的人,其实很少。

过度描述，说到底，是一种贪。 和贪吃、贪财、贪性一样，贪图表达，也是一种贪，人对于想要达到的意义，总是贪图描述。

但话语，是一个过犹不及的东西，它和一般努力不一样，说出的话是不可逆的，很多东西讲太多，反倒毁了。

所以，当一个人原本的目标一再被欲望毁灭时，他的性格其实是很弱的，克制力不足，意志薄弱。

2. 务实

人在世界上，跟说话对应的，是行动。 不是说话多之人，做得一定少，只是相对而言，务实之人，一般不会花太多时间在无效率表达上。

以事情结果为导向的人，往往废话很少。在评价事情时，也较客观具体，不在空洞理念上来回玩弄。

这背后是一种世界观：有些人喜欢将世界从抽象往具体落实，以做为主，有些人则喜欢将具体往抽象化上去评判，以说为主。前者更为实干和唯物，后者较为学院和唯心。

3. 内强

演讲场合，不同人有不同的面相：有些人废话多，有些人则从容不紊，这跟一个人是否内强有很大的关系。

一个人，心里越是发虚，越像溺水者，试图抓住所有能想到的辞藻，来填补准备不足或内心不安的尴尬；而一个准备充分，经验丰富，或是依靠实干起来的人，会更有底气。

他与所说的话，不是对抗的不信任关系，而是十足的受控关系：**我说的话，每个字眼都是亲身经历的，它们是事实。**

这就是一个人内强的意涵：**真实的实力。**

4. 果断

人的所思、所说和所做常常是一根直线上的三个点，彼此互相映照。

多余的话，反映在思考上，就是在盘算更多可能，反映在做事上，就是在给自己留后路。

不够坚定。

而一个割舍了废话的人，往往带着一种破釜沉舟的决心：**没那么多借口，没那么多其他可能。**

这样的人在工作中：小到一件事，是什么，能不能做，怎么做，几点能做完，干脆利落；大到一番事业，干不干，怎么干，一条路走到黑。

他们盯住一个猎物，就锚定了往死里追，目的意识极强，专注力很高，没有太多中间状态。

（四）

以上，在我看来，是男人很重要的几个特质。

对男人来说，做，永远比说来得重要；实力，永远比浮夸来得重要；理性，永远比感性重要。

人，可以有间隙，但如果过度被情绪和软弱俘获，就很难承担责任。

事业和责任，驱动力来源于本能（创造价值），但执行过程却又是反本能（软弱、放纵、退后、虚荣）的，注定是痛苦的。

人，作为动物，天生有一种"坠落"的本能，向下寻找着黑暗、轻松、欢愉、世俗的东西。

所以，如果你心里有一个更大的 picture，就该学会克制、务实、内强、果断。

这也是为什么那些历史上有所建树的人，看起来都跟铁人一样。很难想象他们一路上对那些坠落本能的控制。

人生，要有所实现，就必然要有所失去。

不仅男人，女人何尝不如此。

对女人来说，尊重和宠溺，从来都很难兼得。

一个少女心爆棚的女人，大多很难有魄力；

一个被外人羡慕的金丝雀，往往没有自由；

一个聪明的女人，常常就很难可爱；

一个清醒理智的女人，也就没那么多情痴傻了。

人在世界上的位置，是自己一步步抉择出来的，不见得每一步都具有决定性意义，但冥冥中你就在朝着心里的目的靠近。

世俗的欢愉浮夸，自有作用，它们让生命更"轻"，但对有些人来说，那些"重"而密实的东西，才是其活着的真正价值。

是这些,在阻挡我们对生活的厌倦

(一)

我是一个几乎没有周末的人——

周六:
早上:九点起床,清扫,上英语课;
中午:约朋友吃饭;
下午:咖啡厅看书+码字;
傍晚:运动,有空就看个电影
晚上:看书,看剧,码字,睡觉。

周日:
早上:九点起床,整理,出门;
中午—下午:工作事宜;
傍晚:运动,和朋友吃饭;

晚上：码字，看书，睡觉。

日子是有肌理的，只要没有突如其来的事情"撞"进来，它一定会按你的意愿自成节奏。

最近一年来，周末已少有变化，都是这样无聊透顶，雷打不动。

记不起多久没有去过博物馆，多久没有逛过商场，多久没有跑遍城市去找一个地方吃饭喝茶装装逼了。

几乎很少离开家门几公里。

自从写字之后，我的生活便集中到了可怕的程度，不愿再把私人时间随意分配出去——任何占据整块时间的事情，都让位于写字看书。

越来越害怕，害怕时间浪费在了路上，浪费在了没有营养的人际上，因为自己的成果还如此稀薄。

日程从来都没有逼迫我，而自己却被一种无形的力量驱赶着。如果时间哗哗而过，却没有一点成果，就会陷入恐慌。

身边的人也曾问我：看书写字，有什么用啊？

是啊，我也问过自己——"做一件很难量化的事，有什么意义？**还不如睡觉玩耍享受人生！**"

但后来我压根不管了，因为根本控制不住自己。

控制不住去阅读，去思考，去表达，去分享。

写给谁看呢？写完会有多少钱呢？写了会出名吗？

从没问过自己这些问题，也不在意。只知道，这件事能让我平静。

经过了这件事，我终于相信了意志力的存在，那种不问过程、不问他人看法、不肇始于外部效益的"傻子式"力量。

一种极富生命力的东西：发自本能的内驱性。

（二）
是内驱力，在阻止着我们厌倦一种生活，心甘情愿安住下来，哪怕那种生活再枯燥。

康德一辈子都没有离开过居住的小镇，每天节奏一成不变，小镇居民甚至可以依据其出入作息判断具体时间。

就是这样一种单调的生活，却孕育出西方近代哲学最重要的巨匠，整个二十世纪之后的哲学思潮都难以绕开他。

为什么康德不觉得无聊呢？

因为生活虽没有变化，只要你在其中致力做的事情有变化，就不会厌倦。

回到现代，常常有这样一种声音：我讨厌当下的生活，我要离开。

总以为，是当下生活出了问题，过于枯燥、局促、封闭，于是各种折腾——

拼命打扮，花钱买华美的衣物；

逼迫自己盲目应酬，加各种人微信；

换个城市，换个学校，换个领域重新开始；

每天都告诉自己：明天是新的一天，战袍披起来，武器挥起来，灌完一碗鸡汤就能所向披靡，华丽蜕变。

并没有太多用。

因为它们都不是对生活的有效改变。

（三）

两个很重要的东西，是我后来才体会到的：

1. 这些象征着变化的事物，看起来诱人，但若只是从外界触发，而不是源于你的内驱性，很难奏效。

有效的改变，一定跟你的内驱性（真正的志趣）有关联。

有段时间，我也厌倦了这白开水一般的生活。

觉得生活好不刺激啊，活在一座硕大的城市，却困于方圆一公里，外面那么多美好，都与我无关。

于是开始做些不那么常规的事情，比如参加一些活动，约会，打扮成不同风格，扩大交际圈……

但过不了多久，我又回到了那家最常去的咖啡厅。

因为试图做出的改变，与属于我的内驱性之间没有任何关联。

漂亮的衣服，能触发我写出更多有意思的东西？

陪一个异性吃饭，能聊到我喜欢的事物吗？（如果你们志同道合，是可以的。）

去一个高大上的地方拍照，跟我内心热切的方向是契合的吗？

这些只是象征着变化的东西，跟你的驱动力并没有关系，所以新鲜感一过，你就会回到惯常。

只有从你的内驱性出发的改变，才是真正有效的变化。

所以，不妨做一个调整：**让所有的折腾，尽量与你的内驱性关联。**

如果你也喜欢写字阅读，那么，参加活动，最好与内容文化相关，能激发你自己的；

换工作，最好放眼内容书籍文化产业，能助益于你的；

结识朋友，最好选那些跟你志同道合的，能有真正碰撞的。

变化不是坏事，但只有与你的内驱性有关，才会真正持久有效。

当你毫无目的地参加一个 party，那种茫茫然凑热闹的感觉，挺熬人的，你都不知道为何要来。

到了一定年纪，就该收束自己了，让资源慢慢围绕你汇聚。

2. 量变完成之前，一定是无法得到结果的

人费尽心思去寻求变化，不外乎是为了一个更好的结果。

那种把自己从旧环境里拎起来，猛然脱离过去，往更好的未知抛去的感觉，是我们毕生所追求的。

但那个东西，是个结果啊。

每个月收入增加了×万元，职位上升了，每年能去更多异国旅游了，获得了想要的社会地位……

这些拐点都是结果，需要过程支撑的。

人之所以会迷信那些一蹴而就的仪式，比如突然变美、四处开拓圈子、冲动离职、快速换伴侣……是因为这些东西长得特别像"结果"，或者说，它们离你想改善的结果特别近。这种错觉让你觉得只要这些事儿都做了，生活立即就会有变化。

其实不会的。

想一想，在变化和稳定之间，是什么？

是一个人最真实的常态——不那么激进，又不那么认命，而是安然活着，持续性地努力。

这就是你的量变过程，一个缓冲区。

一旦看不到这个过程，便会寄希望于那些立竿见影的快速伎俩，搞得很疲惫。

当我厌倦时，也曾出去寻找刺激，但它们都无法持恒。

从那些快速变动回归到缓冲区里时——这种随心又自成规律的生活总能稳稳接住我，安抚我，让能量蓄回来。

这个状态里，你不紧绷不戾气，只是带着真正的志趣，在规律化的日子中，保质保量地积蓄力量。

这才叫有效的量变。

（四）

其实，人人都会有厌倦的时候。

并不是生活本身无聊了，而是我们自己的问题。

你的内驱力在哪里?

只要这个独属于你的志趣,还在带动着庞大的稳定性往前走,你就不会厌弃生活。

生活本身是不存在"无聊"和"精彩"的,它一天就二十四个小时,能发生的事情太多了,就看在多大程度上能与你真正的志趣发生关联。

只要这种关联在,你就不会厌倦;只要你的志趣在不断进步,你也不会厌倦。

想寻求变化时,先定一定:

1. 找到你的内驱力;

2. 让变化与它相关;

3. 落定到一种规律化状态中,让力量得以稳定积累。

人的一生真的很短暂,能发热的时间就那么几年,怎忍心随意消耗掉。

愿我们都能在岁月中安住下来,找到一个热爱的志趣,稳步前行,不再东张西望。

爱情里那些未解之谜,就让它随风散去

每一段感情,都会留下一些未解之谜。或大或小的,化不了,排不出,像结石一样遗留在我们的身体里。

(一)

没历经感情之前,我以为所有人都跟自己一样:简单而无负担,除了眼前的事情,再无其他心事。

经历感情之后,才明白:**每一个爱过的人,都不可能再如孩子一般轻松地活着。**

人,是一架天生趋爱的机器,一旦启动,就再按不回去,不可能回到那个蒙昧单纯的状态。

感情,是一个人生命的分界线。爱之前,和爱之后的世界,截然不同。

自那以后,每个人都有了一些属于自己的隐秘,心里有了一块不对外开放的地方,活在当下的同时也被回忆侵扰。

因为有了感情，我们再无法表里如一，无法专注于当下，学会了伪装、保留，穿梭于过去和将来。

那个你正在交往的人，有自己的历史，所以他眼里不再只是纯粹的你，你所有行为在他心里都有参照比对，你心里亦然。

那个若无其事跟你聊天的同事，昨晚才跟男朋友分手，哭到凌晨三点，这种隐痛将刺穿她接下来半年的生活，而身边人并不会察觉。

那个你最熟悉的女人——母亲，怀你之前深爱过的男人才是她的最爱，而你或许永远不会知道她心中的秘密。

爱情，造就了人的孤独与复杂。

一位朋友曾对我说：谁的筐里，没有几颗烂枣呢？

每个人都背负着自己那一份重量前行，走着走着，中途遇见了另一个人。对他来说，这是一段全新的开始，但对你自己而言，只是一种延续而已。

有些真相是我们很难知道的：很难知道自己是他的第几个人，很难知道自己在他心中排第几，很难知道这段感情在她心里的坐标……

是的，每个人心里都有一个独一无二的坐标。经历越多，这个坐标就越复杂、越精准。

爱情、友谊、真善美假丑恶、价值……这些东西会伴随一个人的经历，渐渐勾勒出属于他的坐标。每一件进入生活的人事，都大差不离地落入这个坐标，找到个位置。

年纪越大,爱情越难,因为人都按照自己的轨迹渐渐成型了,不再轻易被触动和改变。

人,是一条孤独的铁轨,我们只能在自己的身体里历经所有过程,无法全程敞开给别人,更无法进入对方的全部过程。

我们共同拥有的,只有交会时的断续片刻。
这就是爱情中的孤独与复杂。

(二)

情爱中的苦痛,多源于此。

因为爱的本质,是侵占,它必须摧毁一切封闭。

挖开一切不透明,让外物尽在掌控,是人类所有努力的驱动力。

但我们只能接近这种状态,无法抵达终点。

因为这是在违逆生命的法则。

只有神才能全知全能,超越一切界限,但我们是人。

人,有血肉之躯,就会有影子;有清晰的视野,就有脆弱的后背;我们无法既在这里,又在那里;无法同时抓,又同时放;无法既是自己,又成为别人。

爱情中也是一样。

除非两人都是初恋,从小青梅竹马,日日夜夜生活在一起,否则很难从头开始全程参与另一个人的人生。

这就注定了中途相遇的我们,只能从交叉那一刻开始,而之前所有，仅仅属于自己。

那是别人看不见摸不着的地方，是别人控制不了的不透明之处。

我有一个朋友，经历了一段冤枉的婚姻。

那时他以为遇见了真爱——她是那么完美：漂亮，善良，关键是性格好。

相识不久便有了孩子，然后结婚。过程中，他们从未有过争吵，一切平滑得好似美梦。

这段看似完美的婚姻，一年后迅速结束。

因为他的妻子从没爱过他，只是为了忘记一个人，才匆匆选择了他。而所谓性格好，不过因为她不那么爱他而已。

最后他才知道，自己以为的真爱，对她而言只是一场任性的逃避。他根本就不了解这个枕边人，回忆在瞬间变得可疑，他忍不住一次次去回想、寻找那些征兆。

那种颠覆性的恍然大悟，令人五味杂陈，束手无策。

"别去回溯了，都是倒刺，碰一下就疼一下，放过自己吧。"我说。

"忍不住，不甘心，不相信。这种事怎么会发生在我身上。"他说，"你能理解一个人为了忘记一个人，去跟另一个人结婚生子吗？这是一辈子的事啊！"

这种冲击，我理解。

这就是生命中的不透明之处，存在于人最没有防备的地方，爱情中尤其如此。

我们很难知道爱人的过去，那一段里有什么，会不会参与到未来，都很难说。如果对方有意隐瞒，我们甚至一辈子都不会知道。

岩井俊二的电影《情书》曾让我怅然很久，当博子看到女藤井树那张与自己一模一样的面孔时，心中所有谜团都有了答案——自己不过是别人的影子，自称对自己一见钟情的丈夫，爱的一直是另一个人，他从自己身上找寻的，只是他多年以来刻骨铭心却一直求之未得的初恋。

（三）

这样说来，好像很悲观了，但真相就是如此。

问问自己，你是否也曾有过隐瞒？是否也曾在深夜里有过精神叛逃？

其实，越成熟的人，越不会开口问一些傻问题。

你为什么会选择我？

你还爱着他吗？

那个差点跟你结婚的人，为什么离开你了？

因为懂得，人心都是肉长的，每一段故事即便结束，也依旧连着肉，不可能消失。

你越触碰，它越痛，就越存在。

对人来说，"重"的东西（痛苦）往往比"轻"的东西（快活）更有存在感。

成熟的人，不会再跟这些"重"的东西一较高下，因为知道敌不过它。

那些烂枣，就让它们在那儿。

不再非黑即白，不再要求对方白纸一张，接受那些复杂性，接受每个人的过往和秘密。这不是伟大，而是智慧。

因为明白了，正是这些东西才成就了现在这个人，一旦试图把这些东西都拔得干干净净，我们也就失去了对方。

另一方面，在成年人的世界中，一个人选择另一个人，常常是权衡的结果，并不是百分百情绪驱动。

我很优秀，我很漂亮，我很有钱，但这些不足以支撑你选择我。

最重要的原因，是你觉得我**适合你**：

你觉得你应该要找我这样的人；

你觉得现阶段你需要我这样的人；

你觉得……

成年之后的感情，更多是需求的匹配。

并没有在否认"真爱"，只是指出一个事实：**爱情这件事，在人的一生中是不断变化的。**

伴随成长，人内心会趋于强大。这种力量，意味着能克制，不被外物牵引，不再轻易被一个人迷得五迷三道。

就像一个健身者，核心肌群逐渐有了力量，摸清了自己是谁，

明确了要什么，才能从自我的需求出发，去操控外物，让自己活得更到位。

而情绪性的爱情，大多只存在于幼年，本质是一种被动混沌。内心羸弱时，最容易暗恋、单相思、沉溺于一段感情。

内心有力气了，心自然而然就硬了，这是无奈，也是事物发展的正常逻辑。

所以，现在的我，不会再追问一个人为什么喜欢自己，更不会去找虐——明知自己于人没有任何价值，还去倒贴一段不匹配的关系。

当决定在一起时，两个人其实是心照不宣的，有了八九不离十的把握，这就是成年人的感情。

（四）

别再执着于爱情的"真相"了，本来就没有单一而静止的答案。

不执着，不侵占，不强求。

对于未知，随顺而接纳。无论是好是坏，多一寸体验，都让心又更开阔了一尺，离透彻又近了一分。

做时间的朋友吧，别做敌人。

尊重，包容那些不透明，不确定，流动性。

在充满冲击和变动的世界中，获得真正的平静。

去抓住，那些还未被提前设想过的美好

一直以为，自己多少有些不同。

但生活里，我也陷入了一种**毫无察觉的庸常轮回**。

前几天翻庄雅婷的一篇文，开头是这么写的：

"和很多人一样，

先看过爱情故事，才跌入爱情故事。

先把纽约设成屏保，才去过纽约。"

（一）

很多时候，我们心中以为的自由，不过是另一种模仿。

这是一个不自觉的过程——人活在群体中，耳濡目染总会接收各种各样的印象，并触发我们的设想。

于是，我忍不住去想，

生活中还剩多少，未被提前设想过的美好？

是否存在一种意料之外的"惊喜"，而那个东西，才叫作真真

正正的"生活"?

个人觉得,这个东西是存在的,但这种所谓"真正的生活",就像濒危动物,很快就要消失殆尽了。

在这个信息化的时代,我们没见过的人,没去过的地方,没听说过的美好,都在飞速被发现,被祛魅。

已经很难再有"啊,生活竟然还能这样!"的发现感了。

书店里,到处都是北欧生活的惬意;杂志上,四处都是日本和式的舒适;电影中,满满是曼哈顿的繁华;微信里知乎里全都是关于各种社会阶层、各种生活方式的镜像。

这些关于生活的看法,无处不在,已让我们失去了**那种"第一次"进入生活的异在感。**

(二)

人与生活的关系,打个不恰当的比方,就是做爱。

我们这唯一一副的躯体,一辈子都在迁徙着——

从这个城市出来,又进入另一座城市里;

从这段关系出来,又蹚进那一段关系之中;

从这个阶段出来,又迈向下一个阶段。

人、事、环境、关系在不断变化,那种进进出出的异在感,就是我们感到自己还活着的时刻。

当人浸没在生活内时,是感觉不到"生活"这个概念的。

只有在变动的临界一瞬，我们才能感受到生活作为一个整体而存在，归纳出它的某种印象——时尚的、诗意的、田园的、自由的、艺术的，等等。

这也是为什么很多人很喜欢收集一些关于生活方式的文字、物件、海报、家居用品类的东西。

因为我们必须在无穷无尽的琐碎中超越出来，去感觉生活，向往生活，这样才能活下去。

（三）

获得这种"生活意识"的一种很棒的方式，就是行走。

当我们从麻木的生活中抽出来，插入另一种生活时，鲜活的力量又回来了。

但正如开头所写的，生活中的美好，都已经被阐释设想殆尽了。

如今，当我们想去一个地方，在迈开腿之前，内心早已对它有了无数重打算——

那里有什么值得去的（因为××杂志介绍，因为很多人都推荐那里不错）；

必须游览×××这几个景点；

必须去尝一尝×××这家店；

必须去体会某个地方的标志性风格。

但不知你是否发现，这些东西，都是结论。

这些结论，它们从何而来？

是城市自然而然长成这样（地理、历史、人文、风俗），还是某种舆论操作打上的印记？

去探索这些过程性的东西，才是我们行走的目的，不要从别人给你的结论出发。

真正的行走，是深深进入一种生活，一种文化，去探究过程——

事物（城市、文化、生活），是如何成为它们现在的样子，并按照怎样的方式继续生长？

当我去到一个地方时，不喜欢仪式性地进入它，不把自己当作游客外在于它，最美好，莫过于安安静静地活于它的内部，哪怕就在方圆几公里活动，四处散走，观察打听，安安静静写写东西。

体会每一条街道，观察行走其中的人，他们说话的方言，小食的风味（哪怕并不美味）……从这些最具有过程性的东西中，去得出关于这个地方的印象。

像进入一个全新水域的鱼儿，张开自己每一寸的鳞片，尽情体会。

像一滴入水的墨汁，顺其自然地延展对这个地方的认知，按照你自己的脉络去拥抱它。

唯有如此，我们才能真正从既有日子中抽离出来，扎进一种全新状态，汲取能量。

否则便会觉得，旅游旅游，越旅越累。

(四)

2011年冬天最冷的时候,我和姐姐突发奇想去了一座山,并在那里过了年。

没做任何计划,既没有宗教情缘,也没有查任何资料,对地名只停留在央视天气预报的印象里,提着行李就走了。

大雪封山,零下三十摄氏度的淡季,我们半夜抵达,阴差阳错挂单在山上一座清静的寺庙里,按时上早晚课,打扫、插花、诵经、散步、听敲钟……

与世隔绝,和僧人毫无二致。

今天不知明天什么安排,明天也不知后天要干吗,就这么毫无准备地"嵌入"了一种远古而宁静的秩序中。

山上的景点,我们一个都没去;十一天的活动范围,不过几座庙宇;粗茶淡饭,不施粉黛,天天如此。

但那却是我生命中最开心的十一天,那种快乐无法与外人说。

回想起来,至今我还能闻见大殿里松油燃烧的香气,还能听见晨钟敲击的余音,还能看见阳光一点一点解开金色的山腰,就像给一尊佛身披上袈裟。

大年三十的凌晨,我们敲响了通往另一个世界的幽冥之钟,钟声从一座山头传到另一座山头,一直很远很远。

黑夜,站在山最高的地方,漫天的银河,紫得发紧的天幕,巨大的白塔，清冷肃穆，透彻到心骨。

山下，盘山公路上密密麻麻的车灯，犹如一条光蛇，缠绕着这座闻名遐迩的佛山，几乎照亮了天空。

那全是进山烧香的车辆，来自全国各地的富者权贵们，不惜花费重金在大年三十的凌晨进山，烧到这里的第一炷香。

我，姐姐，和一位老师父，站在山上。无声的东西将我们包围，恍若看到的是另一个世界。

天上的星空，与山下的车流。
神，与人间。
无，与有。
空，与色。

后来，我陆续去了其他一些地方，也重回了那座山，却再也找不回当时那种快乐了。

那种出乎意料的惊喜，那种碰巧而来的缘分，那种沉浸式的体验。

（五）

其实，去哪里真的不重要——不管是冷僻之地，还是闻名遐迩之地，甚至只是某个小乡村。

以前写过一篇文章，题目是王朔的一句话：《你只有内心丰富，才能摆脱生活表面的相似》。

行走，不是为了验证世俗的结论，更不是为了证明到此一游。**若是这样，我们也成了这个巨大相似性的帮凶，不断固化着这种着相的执迷之苦，永无真正的安宁。**

其实，每一个地方，都有一种契合于它的生活，而行走，就是为了体验这种生活。

正是在不同的生活之间，我们出去，进来，进来，出去，不断汲取能量。

在其中好好生活一段时间吧，三五天也好，半个月也罢，清空内在，以归零者之心，像孩子一般，去重建我们对于生活的认识。

"不"字都不敢说的人，还能做什么？

年幼时，我算个"听话"的小孩。越长大越觉得这个观念有大问题。

倒不是在叛逆期有了这个想法，恰相反，是在世界观稳定后才明白：

"是"与"不"两个字的正确使用，并没有那么简单。

（一）

真正说"不"的勇气，从不是为了说"不"而说"不"，而是当你心里渐渐有了一个"是"字之后——**为了"是"而说"不"。**

看似简单，做起来却很难。

有两个前提：1. 明确知道这个"是"是什么。也即，对自己要什么很清楚；2. 确保这个"是"不发生意料之外或不合理的变化。也即，对抵达目的的过程有一定预测，并提前设置界限。

也就是说，一种有效的否认和拒绝，是为了目的而破除障碍。

（二）

如果这种说"不"是为从正向抵达目标，另一种说"不"的智慧则更有意思，触及一个规律：

"是"字越多，这个世界的可能性越小。

从人性来说，你一开始说的"是"字越多，以后说"不"字就越难。根本来说，不利于关系的持恒。

人的接受是有弹性的，但只能接受"顺"着来，无法接受"逆"着来——

一个大恶人越变越好，成为一个中间人。和一个大善人越变越坏，成为一个中间人。结果一样，但性质截然不同。

商贩先出高价再慢慢"打折"和一开始低价再涨价。价格一样，顾客反应完全相反。

有人年少发达后遂滑落至中产，有人出身贫寒逐渐好转至平庸中产。结局一样，但内心感受却大相径庭。

对人先抑后扬和先礼后兵，在人际关系里产生的影响大不一样。

两人恋爱，一开始拿出你的最好，对方往往不知这已是你最好的，总觉得你还能更好。一旦你稍有做不到，不满之心便会盖过你之前付出的"最好"。

人的得失心，注定了：只能接受事情越变越好，不能接受事情越来越坏。

所以说顺序的控制很重要。

群体里，一个过度顺应之人，越往后越无法做自己，因为你会发现说"不"这个动作越来越沉重，别人对你说"不"的忍度越来越低，当你想为了事情好而提出否定意见时，往往出现很多阻碍。

所以不必过度顺应，保持定力，多听少讲就好。给自己以后说"不"的行为预留下让他人接受的心理空间。

对你好，对别人好，对事情本身也好。

（三）

人性另一个真相是，你以为给的"是"字越多，就是对对方越好，其实不然，很多时候对方并不知道自己要什么。

在这个世界上，价值，往往不是基于已有需求，而是"凭空"创造的。

汽车之父福特曾说过一句很经典的话，大意是：如果我问世人需要什么的话，他们总告诉我需要更快的马。

苹果之父乔布斯也认同这样的观点：有些人说，消费者想要什么就给他们什么，但那不是我的方式，我的责任是提前一步搞清楚他们将来想要什么。

消费者／用户往往并不知道自己真正需要什么，他们只能描述出当下显而易见的需求。一个成功的发明者，能超越消费者的需求，从繁复的描述中抽丝剥茧般找出最核心的点，为达到这个点而创造出一条更有效、更有价值和生产力的解决方式。

看到区别了吗？
描述与创造。

这正是每一个领域里出类拔萃的人在做的事情——他们不对那些浮于表面的东西说"是"，而是有重新思考和判断的定力。

那些对消费者/用户有求必应的人呢？最终会发现做的东西最后成了四不像，浅而乱，没有风格。

道理放到哪里都相通，不仅是商业、产品、营销，还有审美、情爱、人际，等等。

我们常常会发现：一味顺从大众审美的明星脸，总让人觉得少了灵魂；

那些二十四孝的男/女友们，却在两性关系里没有丝毫存在感；

患者往往更信服一个对自己当头棒喝而不是顺着自己倾诉软弱无力的咨询师。

为什么？

因为人性深处的满足，不是当下那一层浅浅的需求，而是你帮对方发现了连他自己都没发现的东西，帮他了解到更多自我和世界。

这也才是人区别于动物，存活于这个世界的乐趣。

所以，有些并不符合大众审美的人，越看越有味道；TA打破并扩展了你的审美界限。

有些一开始相处不怎么样的人,时间越久越有意思;TA 打破了你看一个人的固有方式,对自己的耐性有了更深挖掘。

这一点在感情里尤其是——两人在一起,不应是讨好顺从,而是帮助彼此探索未知的美好。

总而言之,最高明的驭人之术,不在于肤浅迎合,而在于超越——发现并创造对方没有的东西,并让 TA 意识到这一点。

这才是一个人的独特性,也是人在一段关系里能够保持价值的原因。

(四)

社会转得很快,人容易像没有主心骨的风铃,风吹草动就神色慌张伺机而动。这不一定是浮躁,也可能是见得太少,看不到很多东西都是必经的过程、必受的苦、必熬的累。

那些懂得适当说"不"的人,是一种力量的象征,遇事不慌,厚重而沉着。人的力量,多来源于历练,把握得住节奏和情势,看得到事物的发展趋势和规律。

大自然是最好的老师,早已说明万事万物共通的原理:

风中的叶片轻而薄,随风四处飘荡;

地上的石头重而稳,终任风吹雨淋。

愿我们能在错综的表象中,早日寻得"是"与"不"的处事智慧。

Part 2.

换一种
逻辑，生活会更好

换一种逻辑,生活会不会好一些

人有时会历经一个"奇异"时刻:一些你过去忽略的东西,忽然复活了。

只有当一个人有了这种"蓦然回首,那人却在灯火阑珊处"的感受时,生命,才有了安妥的感觉。

因为你终于找到了那个正确的逻辑。

(一)

对于生活,人在什么情况下会有"这下终于对了!"的感觉呢?

那些本属于你,却被视而不见的东西,某一天重新回来找你的时候。

比如你的爱好和所擅。

毛姆说:"世界上最大的折磨,莫过于在爱的同时又带着藐视。"

这句话形容我自己再贴切不过。很长一段时间里,对于写字,我都是抱着这样的心情。写字一直是自己生命中最重要的一件事。

但内心，却是不甘寂寞的。

热爱着文字，却又深深藐视着它。

那时候，我觉得它不能带来任何价值，没有一丝用处。

"谁以后做文字工作啊，早饿死了。"自己不止一次嘲讽地说过。就这样，一方面沉溺于写字，另一方面又信奉着各种"入世"的行为准则。

那个热闹功利的我，叉着腰踩着那个埋头安静的我。

读书时，觉得校园生活无趣，想早早社会化，各种折腾：别人都在睡懒觉谈恋爱写诗画画，我每天坐十几站公交车从西边到东边实习；暑假别人都在回家避暑外出旅行，我每天帮人提机器剪带子晒得浑身黑乎乎……全班好像我最忙，像一只小陀螺，停不下来。

直到参加工作，我内心依旧排斥着"安静"，浮于外物——

追随各种热闹的场合，羡慕各个领域的领袖，信仰一些喧哗的经验，每天打开微信就是看各种各样高人上的行业文章，然后美美地转发加上几句自己的"指点江山"……

并未深入过柴米油盐酱醋茶，自以为懂得了一些根本性的规律就离那些成功故事很近了。

那种和沉潜、独守、匠心相关的价值，始终被排斥在外，被嗤之以鼻。

自己的工作与传播有关，讽刺的是，却曾觉得：内容，是没有什么价值的。清晰记得，在朋友圈写过这么一句话：**"内容很重要，**

但渠道更重要。"

与其苦兮兮地忍受寂寞做内容，不如做关系做渠道做平台，这样才能赚钱啊。

这样的工作思路，其实是一种浮躁的人生观在作祟：

不是先学技能，而是先搞关系；

不是先自观，而是先想搞定外物。

就像现在很多大学生挤破头参加学生会一样，在自我认知足够扎实之前，过度"锻炼"：学习做管理、带项目、组织活动……

其实是得不偿失的。

（二）

二十六岁那年，忽然陷入了长长的虚空。发现自己，内心空空如也，外在一无所有。

去了一些地方，经历了一些活动，认识了一些人，却始终在外围打转，无法找到价值，进入核心。

对于内容的忽视、行业知识的匮乏、核心业务的缺失，使得自己得不到职业上的尊重与价值感。

因为当你浮于表面形式的时候，工作上做的事和价值目标，是脱离的。

不知道正在做的事情意义何在，为了达到什么目的；

不知道正在跟别人说的话，是否真正创造生产力；

不知道正在处理的关系，与自己有什么直接关联。

董明珠说过一句话：我是做企业的，不是做关系的。觉得挺有意思，不是说这句话正确，而是说她很清楚适合自己的主次关系：

先找到自身核心价值，主导一个业务并做出成绩，然后基于这个东西往外扩展关系，才是顺其自然的生长逻辑。

为了关系去做关系，终归是个可替代的螺丝钉／花瓶，因为关系不是生长在你自身价值上，只是生长在某个可移植的业务关系上。

人真正的名片，不是"我是什么职位，我认识多少人"，而是"我是×××，我做成了×××"。**你的独特价值，才是真正的吸引力。**

想明白这一点之后，后来我申请调转了部门，学习做产品，扎进去研究一个事物，也开始写公众号，重新拾起对文字的热爱。

我想自己，或许更适合先做一个匠人——专注做一个东西，做出价值，然后才是关系。**有时候，把逻辑想明白，换一下，生活就会好很多。**

你要找到适合自己的主次关系是什么。

有些人天生就喜欢琢磨关系，能把关系做出价值，发挥到最大，比如邓文迪；

有些人天生就拥有匠人才华，将事物本身的价值看得超于一切，比如李安。

无所谓好坏，关键是，**尽早找到适合自己的逻辑，你才会过得顺，过得好，不拧巴。**

（三）

人在什么情况下，会违背适合自己的逻辑呢？

当你对"有用性"的信仰大大超过了"适用性"的时候。

个体生命的繁荣，在于适用性：像齿轮一样，你擅长之处与世界的需求，恰好吻合。而有用性，是一种普世的东西：大家都觉得正确的，是否适合你，很难说。

人年轻的时候，没有太多辨识力，会轻易被一些标签蛊惑，比如"人脉"、"资源"、"圈层"这些看起来很有疗效很速成的东西。

好像你拥有了它，就能立刻一步登天。

它们确实很有用，但属于"外在工具"，是第二步，而不是实力本身。

实力，是适用性的结果，它是一个具有自身独特性的人，与一个契合的环境之间互相作用的结果。它是个性化的，也更加根本，比如你的性情/情商、你的个人优势/成就等等。

在某个商宴场合，曾见过一个衣着邋遢、头发看起来几天没洗、鼻子里还有鼻毛的猥琐大叔。

当他拿出名片时，整桌人瞬间由鄙夷变成了奉承：他是当下一款超热门APP的创始人——"码农"出身的他，能钻进一个产品几天都不出来，带着团队在居民楼里做出产品一炮而红，后来搬进来商务楼，但其"邋遢"的IT气质却从没变过。

这个例子很极端，却说明了一个本质的道理：**人只有把第一位的东西先做好，第二位的东西才会水到渠成，才能起到作用。**

把**适用**于你的东西发挥到最大，而那些有用的东西，了解清楚就好，需要的时候，也能顺手拿来就用。

（四）

生活里有很多时刻，总让人觉得"怪怪"的，但哪里怪怪的，又说不清楚。

一直忙于扑灭每一场火，解决每一个具体问题，却很少去想，这些问题之间，是否有着更根本的关联？

不妨静下心来，理一理日子，那个正在统摄你生命的逻辑，真让你舒服吗？

是否清楚自己是谁，性格和生活志向，真正喜欢／擅长的事物是什么；

是否被外物带跑，正在来回追逐一些与你核心竞争力不相符的东西，而无法静下心来扎进一个具体的领域中；

身处的环境里，你的核心价值是否隶属于这个行业的核心业务？如果不是，你是否愿意在注定"边缘"的环境中继续下去？

换一种逻辑，生活会不会好一些。

谎言到底是什么？

今天聊一聊说谎吧。

（一）谎言是什么？

谎言，本质是一场虚构。

虚构，是组成这个世界的基本形式之一，文学、历史、传记乃至人与人之间的交谈，多少都有虚构成分。

但是，说谎的虚构带有延续的性质。

它不满足于对你讲一个故事，更囊括了为了让你相信这个故事的所有"周边产品"——所以人一旦开始了第一个谎言，就不得不撒更多谎来圆这最初的谎，让这些"事实"看起来是自然发展且生机勃勃。

一个擅长撒谎的人，一定不笨。他像一个导演，能假设接下来会发生的各种可能；他还必须是个很强的执行者，能够提前抵达许多路口，对局面一一铺设。

所以说谎，并不是一个力气活，它是一场策划：小到一个表情，一句话，一个漫不经心的举动，大到对公众的谎言，经典的营销之局，本质都可以是一场谎言。

说谎，更是一场心理战，它必须压住说谎者心里所有自我反对的声音：我能否把这个谎说得完整、圆融、逼真？我能否自然而然地让人相信？会不会发虚露怯紧张？

他心底必须有强烈的意志不断告诫自己：我能，我不仅能，而且还很轻松。

因为一个成功的谎言在于：它强有力，同时又是润物细无声的，看似顺其自然，却费尽心力。

（二）善意的谎，恶意的谎

虽然说谎是一种虚构，但我们不能一味认为说谎是一件坏事，因为"真"不一定就是"善"，"善"在很多情况下也并不是自然形成，而是被制造出来的。

所以要判断一个谎言的性质是善还是恶，是看说谎者的出发点，**一个人行为背后的目的，才是判断这个行为的依据。**

如何判断一个谎言背后隐匿着的真实人性呢？

其实很简单：

说谎,是考验一个人分寸感的最好时机。

善意的谎言,往往野心不大,它并不试图改变或侵占什么,很多时候只是担任着衔接和顺承的角色。它就像一个朴素的老实人,柔和的话语,本分的表情,害羞的姿态,近乎乞求地让你信任它。若你只是向它投去了一丝信任的眼光,获得的将是翻倍热烈的回应。

而居心叵测的谎言,则像一只恶魔,带着强烈目的性与诱惑力,表现为殷勤、甜蜜、过于美好,似乎在卖力演一场戏,用尽手段和力气向着所谓的"真实"和"圆满"逼近。

它们之间的最大区别,在于分寸感。

人原始的善良,往往是怕羞的(对普通人而言,在众人前行善,时常是一件很不好意思的事),**它几乎不需要克制,它本身就是内向化的,不意图外扩的。**

而蓄意的恶,却常常是大胆而浮虚的,**它总是难以克制不断描画与叙述的本能,一而再再而三地打破分寸感。**

(三)低级的谎,高级的谎

既然谎言有谎言的特质,就必然有破谎的要点。

但凡是虚构,就一定有与真实边界的交界处,只要你能感觉到了这个"异处",好像手指头摸到了透明胶条上的那道微微的断裂处,就能很快揭起它，一直往下撕，直到揭穿整个谎言。

最关键的部分在于，你够不够"灵"到能感知到那个异于真实的切入口。

它叫作破绽。

破绽最大的敌人，是真实世界里的合理性。

所以说，说谎的人厉害，解谎的人更厉害。因为他们明白真实世界的合理性是什么——规律与偶然的并存。

首先，**他们深谙"真实"世界的基本常识与合理逻辑**。这些人在社会上经历现实打磨，对事物不仅能正向推导也能反向推导，三下五除二，总能将散落一地的珠子还原成完整一条项链。这样的本事能让他们迅速发现不合理的"可疑之处"。

其次，**他们看得透现实的另一种本质状态：琐碎、无序、矛盾、含混、出乎意料**。所以他们会警惕过度的模式化与滑溜溜的精巧无瑕，过分的宏大叙事和人工的合理化都迷惑不了他们。

这样的人，说白了就是穿行在"在世"与"出世"状态之间，对世界本质看得透：**世界的骨骼，是由一条条经脉清晰的规律搭建而成。而它的血肉，却是无序和偶然。**

掌握了前者，你就能看透那些低级劣质的谎言，因为它们充满

明显的悖论;

掌握了后者,你就能识破意识形态层的高级谎言,因为它们充满了刻意。

厉害的解谎人,拥有理智(用于分析逻辑)与灵性(用于感受刻意)两把剑,在他们眼里,在明明应该真的时候假一把,或是在明明应该假的时候故意真一把,都显得那么不合时宜与刺眼。

(四)识破比拆穿更重要

绕着谎言走了一圈,回到你自己:面对一个谎言,要不要戳穿?

其实,比起戳穿,更重要的是识别。

因为谎言是否成功的关键,在于时间。说谎者只需要你在一定时间内相信 TA 的谎言即达到目的,因此谎言常常作为"起承转合"的关键角色而出现。

所以,能否在有限时间内迅速识别谎言才是最重要的,至于是装傻还是戳穿,那是下一步的事,识别就意味着你已掌握主动权,能主动选择顺应还是拒绝。

识别出对象是否是谎言,辨别出它是一个善意或恶意或无足轻重的谎,这就够了。

人活在世界上最怕的其实是眼瞎,分辨不清真实与虚构,看不清水中的月亮与真实的天空,把无底的沼泽当成了坚实的大地。

那些快速打动人心的伎俩

文章应该换个题目,叫"沟通的艺术",或许就积极正面鸡汤多了。

并不反对你借鉴以下伎俩,起这个标题只是更希望,当有人用以下方式对你说话时,愿你能有基本的反侦查能力。

(一)人人都怕不容置疑的语气

勒庞在《乌合之众》里有过类似论述,大意是:

当你把一个事情说得越绝对,越不容置疑,越有威慑力,群体越是唯唯诺诺地害怕并且绝对服从。

这是个很有意思的观点,或许也是如今毒舌鸡汤大为盛行的原因——

把一个论点往绝对方向引导,彻彻底底写到极端而生动,并带有一定恐吓和预言色彩,会让人不明觉厉。

人为什么会有这样的心理呢?

因为人对于不甚了解的事物是怀有一分敬畏之心的。不了解笔者，不了解笔者所写的领域，只要语调和氛围到位了，就很容易被带过去。

这也是为什么在舆论世界中，新媒体领域忽然一下子冒出了那么多年轻的"意见领袖"，因为专业性的验证渠道、标准和时长在当下已经大大缩水。

这个原理在生活中也一样，我以前常被吓唬得一愣一愣的——
"你要是这么做绝对要完蛋！"
"这个人不行，你要注意点，不然会死得很惨的。"
"我告诉你，你必须得……否则……"
当时自己弱爆了，面对这种略带威胁的建议，总是十分矛盾。一方面不敢不听从，另一方面又屈从得不甘心：
"为什么别人的口气都能那么牛，唯独我自己啥都不确定？"

后来逐渐明白，越是绝对的东西，越要谨慎对待。不是说不去听取道理，而是首先要学会分辨什么是道理——

道理是用来说服人的，不是用来吓人的。既然是说服，那就请你有条有理、有论有据地说清楚，这也是辨别一个人是否值得可信的标准。遇到的人越多，你越会信服那些有条不紊、言之有据的人，而不是光靠吓唬他者的人。

当然，当别人跟你沟通时，不一定有时间跟你专门辩论，可能处于其他语境，比如紧急情况。这时候即便真的在好心劝你，也无法给你一套逻辑清晰的结论。

所以你要主动去把握节奏、引导、分辨，来获得对方未说出口的信息。听话者需要能跳出来，对沟通点有自己的见解/立场，通过反问对方一些问题，获得你需要的信息、验证心中的疑惑，得出结论。

总而言之，当听到不容置疑的决断式话语时：

1. 冷静并引导对方慢下来

2. 思考：真的只有这一种方法（说法）吗？其他可能性需要哪些验证条件或者假设？你自己最开始的想法是怎样的？

3. 一一提出问题

4. 一一对比、验证、判断

当然，不是别人每一个说法你都要争辩个明明白白，那也太神经质了。不方便的，或者影响不大的，心留疑存，下次从别处验证即可。

（二）看准你孤独，还很自恋

撬开人心的另一种方法，是抓住人性的另一个弱点：孤独+自恋。

"你真是说到我心坎去了，好委屈，想哭。"

"哎，你说得一点没错，我就是这样的傻瓜呀。"

"还是你最懂我,朋友这么少,知己难求。"

这些反应是不是很熟悉?它们带来了一种隐性效应:

助纣为虐。

这种读心术的危害在于,对方通过露出很懂你的模样,站在你一边跟你说:别怕,我和你一起,哪怕与世界为敌。**从而很有可能纵容你忽略自己的错误,不去反省自身不足。**

"你男朋友就是个渣男。"

"你其实很有天分,是他们不懂你的才华。"

"你老板完全没有看到你的潜力!"

总而言之,都是别人的错,只有我知道你的好。

一颗甜蜜的毒药。

人与人之间的交往,很大程度依赖于一个东西:**立场关系**。但当你跳出来冷静想,对方一旦太过强调立场(拉你进入同一立场,或与别人划清立场),总有些可疑。

一是怕有"诈";再者是对一个事情太快下判断,确实不科学;第三,凡事先自省,养成这样的习惯长远来看总会走得更远一些。

别怕孤独,别怕自己有问题,别太自恋。

（三）看似定性又不具针对性的"废话"

10岁时，我妈说我是O型血。

"O型血，重感情，只要是认定的朋友，就会真心对待。"

"O型血，决定要做的事，一定坚持到底。"

"O型血，表面坚强，嘴巴硬，其实内心很容易受伤。"

那些血型算命的书，看得我热泪盈眶。

于是QQ空间、博客、校内、微博、微信一路追随，隔三岔五转发O型血鸡汤文，搞得大家都知道我是O型血忠实fan。

二十五岁那年，去医院做检查，一不小心验了个血型。

B型血。

人生观被颠覆。

于是我又贱兮兮扒了一遍B型血人格。

"专一，一旦真正喜欢上一个人就会很致命。"

"胆大又害怕失败，但表现出来的都是强悍的　面。"

"敏感，看起来什么都不计较，其实是在默默包容。"

再一次热泪盈眶，这也是我啊。

精神分裂之后，猛然醒悟，这不跟星座测算一个意思吗？

就像小时候心中的未解之谜——为什么月亮总是跟着我？为什么画上的那个人总是看着我？

同理，为什么看啥评论都觉得写得像我？为什么有些人讲的话总是戳中我心？

因为那些都是看起来定性但不具针对性的"废话"。

举几个例子：一个人说你很有气质、你太善良、你挺倔等，基本等于废话。而一个人说，你有钱，你敢捍卫自己的观点，你学历很高，有可能是真的。因为：

1. 有事实依据（房子车子存款、历史行为、学位证书）
2. 有程度依据（多少钱算多，什么叫作捍卫，什么算学位高都是有一定程度判断的）

所以说，有时候定量比定性靠谱，从局部入手比整体泛泛更具有真实性。

其实这样的小伎俩还有很多很多，最大的问题是不够"真"。真，是要经过辩证的反复推敲和实证的考察才能验证得出的。而以上技巧，靠的都是一些聪明而省事方式，比如：

我只说一部分，引诱你自己联想填补剩下全部。联想，是人类最大的创造源泉，也是劣根性的来源。恐惧、猜忌、自恋、战争（战争的发起，很多时候是关于人类社会终极形态的联想）等都发自于联想和自我强调。

这些伎俩潜藏的危害不小：

1. 打断你的思考节奏，形成自己的思想；

2. 阻止你直面自己的缺点，提升自身；
3. 洗脑，让你冲动行事，被人利用。

当然，也别走入另一个极端，啥啥都油盐不进似的，让人觉得你不可信任，难以接近。

只需明白：**真傻和装傻，是两回事。一切以你身处的具体情境和目标为核心，但心要澄明，知道自己处于哪一步，真相大概是怎样。**

你必须内心丰富，才能摆脱生活表面的相似

（一）

标题是王朔《致女儿书》中的一句话，很喜欢。

表面的相似，是这整个时代最大的征候。

审美的相似；

穿着的相似；

娱乐节目的相似；

生活方式的相似；

微信朋友圈里热点的相似；

每个人关注需求的相似；

……

我们似乎按照一套标准化的规则和褒贬倾向而活着。

有时候我会想，**人最美的地方，属于个体的特别之处，去哪里了？**

这个世界上，有谁还会停下脚步，去慢慢发现一个人的特别

之处。

（二）

十八岁那年，我刚进大学。

那是一个夏天的夜晚，写作老师在第一堂习作课结束之后，当着全年级读了一位女孩的作文：

"每个人都想成为太阳，但我更想做月亮。静静在黑夜里发出光芒和温暖，就够了。"

具体语句已记不得，肯定比我写的上文动人，意思大概是这样。

那时候，我第一次被一种有力而低调的情愫感动：**就这样，安安静静做自己。**

她是一个特别的姑娘，消瘦白皙、黑色长发，总是穿着T恤短裤，话很少。第一次在楼道里遇见时，她明明看到了我竟不开口主动打招呼。

对于人际交往缺乏热络，让我曾以为她是个傲慢的人而讨厌她。

后来慢慢相处，才发觉她是一个表面冷漠、内心倔强、简单善良的人。

整个大学里，我一直很喜欢她，喜欢到甚至不太敢跟她过于接近。因为这样的女孩太真了：遇到陌生人很少开口，一旦亲近之后，会在闷热的夏天里悄悄拿起扇子给你背后轻轻扇风……

她从来不掩饰自己的怕生和自我保护，也总是羞于当面去做让别人感动的事。所有的温柔，都是默默地自然发生，直到你后来才发现……

这样的女孩，就像冰里面包着一团火，如果你不花时间，很难快速发觉到她的美好。

如此润物无声，不善表演的人，像一朵纯天然的花，不主动簇拥谁，只是自顾自散发出淡淡的清香，越闻越香。

有时候会想：这样的人，多亏啊。

十八岁之后，我就陷入了一种主流的旋涡——总想抓紧时间展示自己，尽快让外界看到自我价值。很难自然地呈现自我，所有行为，不由得被外界牵引。

像她那样自顾自散发自己味道的人，仿若活在现代时间之外，始终让我迷恋。

（三）

直到现在，我依旧会不时回味她身上那种美。

那种美，有一种无目的性——你很难在短时间内感受到她的好，但一旦了解，就会格外珍惜，因为太真了。

现代人的美，大多是明确的——可爱、独立、大气、贤惠等，**它们直接对应于某种角色**：妻子、女强人、萝莉等。

我们早已经习惯了根据角色，集中性演出自己某方面的特质，仿佛人出生就是奔着成为某个角色去的。

在这整个时代风潮的背后,大概是两个东西在作祟:

1. 有用性:一切以最终的结果是否有用为目的;

2. 时效性:一切必须在某个限定的期限内速成。

它们带来了近代的最大物质突进,也带来了幸福最大的紧箍咒:**逻辑化、模式化的生活。**

我们只能接受进步主义:今天一定要比昨天更好;

我们只能接受符合意义的生活:每一个动作的背后,必须带上相应的结果,否则就是浪费。

生活里种种表象,早已在不知不觉中汇聚成了各式各样的相似性:

女人应该怎样活才算幸福;

男人应该怎样活才算成功;

事业应该怎样规划才最划算;

三十岁应该过上怎样的日子;

有个性的人应该去过哪些地方,穿什么牌子的衣服,看什么APP;

"真正"的生活应该是怎样……

一切独特性,都早已被系统性阐释过了。而真正的自我,从未如此匮乏。

(四)

内心的丰富，是我们抗拒这个同质化世界的最大力量。

外界有那么多"应该"的话语；

那么多标榜"你是谁"的热点；

那么多轻易就能成为"美女"的方式；

那么多看似一步登天的技巧；

那么多让你获得浅浅的满足的机会……

人如果心中没有对这个世界、对自我深刻的认识，很容易陷入这个时代的最大的苦——

相似之苦：太想实现自我，而愈加失去自我，结果是无穷无尽的求之不得。

如今站立在我们跟前的，是一个个商业偶像，一个个逆袭的野路子女人，一个个令人羡慕的成功故事，一个个仿若就在眼前的理想生活……

好像它们离我们，真的只有一步之遥。

而当我们回到老家，看看父母的生活时，才恍若感受到时空的真实存在，人与人之间的差异，并非一隙之隔。这个世界上，没那么多轻而易举的获得，没有那么多傻干就能成功，没有那么多北上广的神话。

简单化地描绘与构想，是这个时代给我们打鸡血的最粗暴的方式。但其实，每一个人的生活，都是一段封闭的历程，我们永远也无法亲身感受到他们到底经历了什么。

我们现在缺乏的，就是这个东西——过程的价值。每一种生活方式，每一个人的活法，每一个普通的个体，里面都是无限辽阔、独一无二的过程。

我想，王朔所说的内心丰富，大概是一双慧眼：**能穿透外界那些相似性，守得住自己的独特性，过一种适合自己、快乐的生活。**

这世上从没有什么"来日方长"

（一）

从吃一盘菜这件事上，可以看出两种人。

一种人总是先把最爱的挑出来吃掉，第二种人只有先吃掉不爱的，才能心安理得地享用自己爱的。

前者斗胆先甜再苦，后者甘愿先苦后甜。

我舅舅和我妈就是这两种人。小时候，外公给我妈我舅每人一根香蕉，我妈舍不得，总是要留到看公共电影的时候吃，而我舅常常先吃掉自己的，然后再抢我妈的。

至今，我妈和我舅，过着两种截然不同的生活。

一个辛勤操持维系家庭，一个放浪形骸快意人生。

（二）

我妈的心态很典型——**最好的，一定要留到最"值"的时候。**

它的背后，是延迟满足。某些延迟满足是有力的，它与人的惰性做着斗争。

马克斯·韦伯在《新教伦理与资本主义精神》里提出了一个词，叫"清教精神"——它意味着克制、苦修、规划……韦伯认为这个东西带动了整个近代资本主义经济和生活方式的改变。

必须承认，生产力的提升依赖于强大自制力和自我驱动，成功者总是 **save the best for the last**（把最好的留到最后）。

这是一种有计划、有预见性的行为，是为了达到最终结果而进行的开源节流，却并不是日常中大部分人的"来日方长"心理。

生活中让很多人困扰的"来日方长"，常常只是出于惯性的拖延与愚昧，他们并不知道自己为何要"来日方长"，也不曾真的为那个"来日"而努力，只是觉得如果"好东西"当下就享受掉，一定会遭"报应"。

本质上，这是因为对未来的无为而导致的恐惧，只能通过苦行来化解。

（三）

"来日方长"归根结底是一种故步自封的错觉，以为越少消费，越少折腾，未来才能更富足，然而并非如此。

首先，时光不可逆，你永远失去了当下鲜活的快乐。

上学时想去个地方，寄希望于毕业时再去，结果毕业前要找工

作考公务员乱成一锅粥,同学散伙,再无人提起;

工作时,想弄点爱好,想着稳定了再说,结果有钱了却没有闲,爱好成了最麻烦的事,不如睡大觉;

买了贵重衣服,不舍得穿,挂在柜子里,硬生生放到过时,不再想穿;

买了昂贵水果,不舍得吃,搁冰箱里存着,渐渐变酸变硬,不想再吃;

更重要的是,你失去了进一步延展生命空间的机会。

消费,其实是对生活的参与。当你放弃了消费时,也就错过了一些与生活发生深层关系的机会。

举个例子,老人总说,人与人之间的关系,都是"麻烦"出来的,尤其是人情。

当你越怕麻烦,越不"作",你与他者发生关系的广度和深度就越小。只有当你使用/消耗每一种关系时,才能获得更多新的关系和可能。

这正是人与人之间一个重要差异,也导致了其财富地位的区别——有些人对失去的害怕,要大大超过对获得的欲望,所以越来越穷。

我们会发现,越是处于上层链条的人,总是花精力在 creat(创造)上,会不断盘活已有资源,滚出越来越大的雪球;而下层食物链的人，只在费尽心思 keep（保存）所有，反而越来越贫乏。

那些活生生将衣服挨到过时、水果留到变质的人，最后竟会有一丝变态的解脱感；那些舍不得花时间去做想做的事情的人，回首时也竟会有一丝淡淡的富余感。

好像觉得：这怪不得我自己啊，生活自然而然就拖成了这样，没法改变了。

说到底，骨子里是怯弱而被动的，忍不住用前半辈子中规中矩的苦，去换后半辈子中规中矩的稳，并享受着这一切。

其实，这是一个观念问题。要突破一个心理障碍：**人如果合理消耗与投入，就会有所出路。**享受快乐，并不是一件坏事，因为消费，总是和生产紧密相连。

人挪，活。

（四）

不要盲目"来日方长"，因为你很容易因此而错过人生转机。

"我想做自己喜欢做的工作。"——"不着急，来日方长。"结果二十多岁转型，体力不济，行业大变；

"男朋友要出国四年，我该不该等？"——"不着急，来日方长。"结果男人为了绿卡在国外跟另一个女人结婚了。

当人并非出于自己的目的而拖延时，就会失去一种敏锐性——

意识不到生命中可能会引起质变的机遇或危机。

现在,我时常会想起一个情景:

那个小女孩,捧着新鲜的香蕉,幻想要留到最美时刻。中途经历好几次男孩的抢夺,好不容易撑到电影院。本分老实的她,在黑暗中挺直腰板,敬畏地摸出早已捂出黑斑发软的香蕉,一口一口,小心翼翼地,享用着属于自己的踏实和宁静。

再有本事,也不妨碍你的温柔

生活里,人总有一些误解,把某些"后天"的东西,视作"天生"。

比如,**善良和温柔**。

它们是天生的吗?并不是。

天生的,是一些性格因素,比如:

柔弱、随和(常被人误以为"温柔");

单纯、心软(常被人误以为"善良")。

而温柔与善良更多是一种经历了世故后的后天选择。

(一)

温柔的背后,是后天的技巧。

男人会发现,跟白纸一张的萝莉谈恋爱,并不轻松。

她爱你,却不知道怎么爱,常常控制不好自己的情绪,惹你生气,吵闹无序,动不动就闹分手,尽管那确确实实是她一片冰心。但她学不会控制自己,还跳不出自我感受,去淡定地体察你的所需。

她不够"懂"你。

"懂",一方面是三观契合,另一方面就是温柔。

温柔的本质是,能够跳出"我"的所需,克制住"我"的所要,去体察你的所需所要。所以温柔,常常是有一定经历的女人才会有的:放下自己,懂你所想,知你所要。

萝莉那里,更多是先天的东西,尽管真实,却常常灼人。

在成熟女人那里,则更多是后天:见过了爱情里各种反应的对方,也看过了疯狂的自己,之后都成了预测范围里的东西。

所以,真与善,在爱情里常常难以兼得。

再来看看男人的温柔。**男人骨子里,其实并没有太多天生温柔的东西。**

他们是一种不断往前奔跑的动物,不会有太多女性化的"守护"意识。这一点在性爱上体现得非常真实。很多女人都抱怨:××○○之后,男人射完就呼呼大睡,不会有几个天生懂得回头抱抱你,说说情话,哄你睡觉。

能够做到这一点的男人,大多经过了驯化,他克制住了自己粗野的本性,才成全了你的需要。

(二)

温柔的内里，是强势。

为什么大家都爱看"霸道总裁"、"麻辣御姐"的故事？因为总裁平时霸道、御姐平时凶狠，但他们关键时候能温柔。

没人会珍惜流浪汉的温柔、萝莉的温柔，**因为温柔的东西，在看似不温柔之人那里才最值得回味。**

总裁和御姐，都是两性关系里处于强势地位的一方，而萝莉和正太，则更像一种小宠物般的存在。总裁对萝莉、御姐对正太的温柔，更像一种"恩宠"。

所以，真正温柔的诱惑，是强势——**我对你温柔，是因为我愿意。**

那些不得不卑微的"温柔"，并不是真的温柔，只是一种乞求，来换取一份生存的容易罢了。

(三)

温柔，是一种居高临下，从不是俯首帖耳。

对一个有本事的人来说，他们往往没有太多"先天"温柔因素。老话说：慈不带兵，义不行贾。一个在商海浮沉走到高处的人，几个还是心思单纯、优柔寡断的呢？

但他们依旧会懂温柔，甚至更懂温柔之贵，这恰恰更说明温柔的"后天性"。

有一个做猎头的好朋友，他整天与那些年薪数百万元的人打交道,并和其中一些人成了好朋友,经常一起打打球、看看比赛之类。

在他眼里,这些住在千万豪宅里的人,与普通人并无二致,甚至在很多生活小事上,比一般人更热心:

看到要帮忙的陌生人,总是第一个出手;

邻里有事相询,各种打电话托人帮忙;

同事打高尔夫借会员卡,亲自开车回去拿;

对家人,对朋友,耐心至极。

所以我们常常发现:**越是有本事的人,越是素质高,有耐心。**

似乎确实如此。**还挣扎在生存线上的人,总在为柴米油盐而撕破脸皮,彼此伤害;而那些已识乾坤之人,才有能力返璞归真,慢慢生活,抽空温柔一把。**

这就是居高临下的意思。

一方面是物质的居高临下;另一方面,则是情商上的差异。

一个高情商的人,能够在"本事"和"温柔"两个方面切换。

"本事",是改造世界,是"自我"的扩张,试图让世界与我趋同。"温柔"则相反,是"自我"的收拢,从"我"中出来,去走向"他们"。

一般人很难从当下的焦躁中刹住车,换一种温柔面目示人。但在情商高的人那里可以,再有本事,也不会妨碍TA的温柔。

所以说,温柔是一种能力:**如果想对你温柔,我就能做到。如果我认为不值得,我也能收回我的温柔。**

一切以你自己的目的为出发点,这就是情商。

(四)

人的情商,是有弹力、可以被锻炼的。

一个人越有能力,其信息处理能力就越强,因为 TA 的大脑既经历过深度思索,也经历过事无巨细的磨砺。

对他们来说,事业上有本事是一回事,生活里的温柔是另一回事。

那些一天到晚飞扬跋扈的人,大多只是刚走上上坡路,而已经抵达一定高度的人,反而丰富厚重——**没有难测的深度,就没有最美的水面。**

希望我们都能在表达自己的感受时,也想想别人的感受。

人活着,别太任性。

我们终归也有需要别人温柔的时候。

心变得温柔，是因为懂得了生活的复杂性

（一）

人年轻时，总是易怒，因为性情单薄，觉得用规则就能统摄整个世界。而温柔，是慢慢炖出来的，性情有了层次，才明白世界足以海纳百川。

根本的差异在于，年轻人会笃定一些单一而明确的东西，却对生活的复杂性不甚了解。

这其中当然有着理想主义的积极一面，人的执着正是来源于此。但同时，人也有了轻易愤怒的缘由：**他们执着于，事物就应该朝着某些明确的方向（价值观、立场）行进，否则就是不正确的。**

你不够爱我，因为你没有为我……

他不正常，因为他没有按照……

她太自私，因为她没有做到……

这个"你没有"后面的一切，常常是一套看似有理有据的标准。

但问题在于：**对年轻人来说，很多道理都是道听途说得来的，没有亲身内化过，所以我们对别人的要求、事物的判断标准看似头头是道，里面却是空的。**

对一个有阅历的人来说，要下一个判断、指责一个人、要求一件事，反而没那么容易了。因为曾深深浸没于生活之中，浑身湿了个透，呛过了几口水，迷失过疑惑过更挣扎过，才明白很多事情不是"应该不应该"那么简单，而是有着更深更矛盾的元素在起作用。

日常生活是含混而矛盾的，它让人纠结、怀疑、反复。它不是非黑即白，而是肌理相连，盘根交错，呈现出来的模样甚至让人不可思议。

明白了这种复杂性，心就没那么苦，因为不会再为坚硬的执着而捶胸顿足。更重要的是，人柔和了许多，渐渐理解生活中一些**无法被归类的关系、尚未明朗的中间状态和不易于理喻的处境。**

它们是反经验、反标签的，却往往是人与生活之间最真实、最痛痒的地方。

（二）

有一位朋友，她与我同龄。

初二那年，她十四岁，爱上了自己的物理老师，他大她十二岁。

可以想象，那种未掺杂世事经验的情愫，是一种全凭自我驱动的感情。

高中毕业，他们恋爱，她十八岁；

大学毕业,他们结婚,她二十二岁;

工作第三年,他们分居,她二十五岁;

工作第五年,他们分手,她二十七岁。

从十四岁到二十七岁,从家乡到另一座城市求学,再去往另一座城市工作,最后一个人来北京漂泊。

她的这段感情,裹挟在自我与现实的双重变化中,面目全非。

几年前,我认识了她。那时她刚来北京,戴着婚戒。

我问:你老公呢?

她说:在××(另一座城市),可能要出国。

我惊讶:啊!?你不是结婚了吗?不是应该两个人在一起吗?

她淡淡地说:不是每个人都这样的。

那时我无法理解这种处境:两个人维持着婚姻关系,却身处不同城市,面临截然不同的未来。更让我无语的是,她上一份工作是业内一家大型制造企业,稳稳当当,家里也已买房装修,日子完全稳定了。

是她一意孤行,不顾家人反对,来北京"自讨苦吃"。

"你老公同意?"

"他无法不同意。"

"那你们家房子呢?"

"他住着。"

"他什么时候来北京啊?"

"应该不来吧。"

"你们是不是经常吵架啊?"

"没有。"

"你们不准备要孩子吗?"

"他随我。"

"他年纪不小了,家里人不着急吗?"

"嗯,我对不起他们家。"

……

对这种"奇怪"的关系,我觉得完全不合常理:**人怎么能允许自己处于这么一种支离破碎、半死不活的关系中,拖这么长时间?**

人活着,难道不该图一个可预见的结果吗?

所以从第一次见面,我就问了一堆自以为"应该"的问题:

"你们是不是在准备离婚啊?"

"没。"

"那你们打算怎么办啊?"

"不知道。"

"你们还与对方联系吗?"

"嗯,电话,微信,偶尔见面。"

直到几年后,他们才分手,她眼睛哭成两颗桃子。

这几年,离婚这两个字是无法碰触的,她和他保持着默契的缄默。只是自然而然,联系越来越少,了解越来越少,两人越走越远。

他偶尔来北京，她偶尔回××。两人对一切变化心知肚明，却不做改变。

如此一种难以被定义的关系，就这样无声延续着、衰减着，既无尴尬，也无不妥。这才是生活的真面目，**而恰恰是那种妄图把日子过成黑白分明、有理可依有据可凭、逻辑井然的想法，才是真正的做梦。**

一天，她对我说：我上个礼拜回××了，他把锁换了，或许有人了。我早知道，那边有朋友跟我说过。并不难过，反倒觉得心里好受了些。我对不住他，他年纪也该找了。他老实，我不提（离婚），他也不提。

这期间，两人各有经历，也彼此知晓，却佯装不知。"离婚"这个词始终被悬置，从未提上过台面。

这在很多人看来似乎不可理喻。

但每一个人的选择，对其个人而言，都是必然的。

十四岁到二十七岁，这个年纪的女孩大多只有一个单一任务，就是个人成长——读书、谈恋爱、混事业、搞清楚自己是谁，再找一个合适的男人结婚……像盖房子一层一层，井然有序。

而她，一个聪明、充满好奇与抱负的女生，在自我意识急剧成长的年纪里，却早早介入了婚姻生活，丈夫老实善良、朝九晚五，心智已然中年。

我能想见，在那段"边缘"时光里她面临的分裂：洗衣做饭装修屋子、国企是是非非、父母求子、拼命想扎进既定生活却难以做到、自己是谁、想做什么、并不清晰的梦想、其他城市的样子、走还是不走……

至于长达几年的拖延，外人可以有很多揣度：或许是十四岁那年的感觉还让她留恋；他的善良让她不忍辜负；她觉得或许自己能重回那个单纯的状态；抑或是她对于未来不甚有把握而出于自私不想断了退路……

并无答案，也无对错，人的选择从来都不是根根分明，而是血肉相连，伤筋动骨，每一分顾虑里，都有着可理解的情理。

每个人，都临于自己的深渊之前，耳旁呼呼的风声、内心的恐惧只有自己知道。

那是你深处的境遇，你自己的因果缘由。

（三）

每个人的生活，都充满了一些"反道理"的时刻。那个时刻里，你是自己的英雄。

并没有在倡导脱离常规的生活，只是说明：

每一次，我们都把此刻当作终极归宿去倾情投入，最终却发现"此路不通"，这很痛苦。**但也唯独在变化中，你那个不变的东西，才能得到明确与印证，这就是生命的辩证法。**

如果能看到自己这一点，也能看到别人这一点，我们对人对己都能温柔很多。

每个人，都在行进之中。

曾有过一次聊天，对方一直说服我一件事，希望我认同他的看法。

我说，你说得很有道理，我认同。

接着，他又说：这只是我目前的想法，也许两三年之后不做这一行了，或者看透了一些东西之后，我又会换一副嘴脸和说辞，推倒现在说的一切。你不要怪我啊。

我当然不会怪他，相反，我惊异于他清醒的认知。

西方哲学里有一种说法：**事物，是其自身的生成过程。**

放到人身上，大概意思是：**人的本质，是一个变化的开放过程。**

是每一个当下，在定义着你是谁。它重塑着过去（比如成功者喜欢把出身说得特别惨，以证明自己是靠努力而不是机缘），又在为未来创造条件（下一步无法被预定，只有走到当下才能明确接下来怎么走）。

人是在不断地参与中，成为是其所是的自己，身份才开始浮现。

这也是为什么生活中常会有这样的情况：

那时以为能天长地久，一年之后才发现结合是一个错误；

曾认为会在这里停留，后来去了另一个去处；

自认是个女汉子，结果却开心地做了一个家庭主妇；

……

生活的复杂性就在于此：你的现在，都由一份延续性的因果栽种；你的未来，还未被预先指定。

因而，那些无法被命名的活法，并不是一句"对错"就能评判；

那些还未落定、依旧在尝试的过程，并不是一句"浮躁"就能打压。

没有人能中途从某个横截面切进你的生活，替你思考，为你决断。反之，我们也无权对别人那样做。

多一些理解，便多一些温柔。

是不是必须充满敌意,才能活得成功?

不得不说,这大半年,我变了许多。
柔软了,缓慢了,平和了,不那么笃定地去评判一些东西了。
没有原因地,就这么落了下来。
并不觉得这是力量的变弱,只是换了一个角度与生活相处。

人,并不是必须充满敌意,才能向生活索要到幸福。

(一)
以前我抱有一种激进的想法:一个没有敌意的人,很难成功。
这种信仰,源于两个方面。

第一个方面,是对"敌意"这个词的理解。
敌意的本质,是对立,而对立,才能产生抵抗,产生阻力。
再往宏观推演——

一个人只有对自己有敌意，才会有不满，才会不断奋斗；

一个人只有对四周的环境有敌意，才会有挣扎，才会有超越。

第二个方面，是存在主义哲学对我的影响。

萨特曾说过一句话：他人即地狱。

这句话里，潜藏着一种关于整个世界构成的认知，即，**世界由两个部分构成：" 我 "和" 他人 "，这两个部分此消彼长。**

所以，如果"我"不够硬，没有意志去对外拓展，不主动赋予生命以使命，那么就会被外在吞噬。

因为个体与个体之间，常常是彼此吞噬的关系。

你从小接受的教育、每天看的广告、店员给你的推销、老板对你的部署、父母对你的要求、朋友试图说服你的言辞、听的歌、看的电影……

所有外在物，都在试图传达着它们自己的意涵，都可以视为意识形态的入侵，影响你，乃至控制你。这种影响，不要从"好"和"坏"去理解，它们只是一种客观行为效果。

一个软弱的人，很容易左摇右摆，活得分崩离析，稀里糊涂。

而一个有力量的人，是有定力的，会从"我"出发去抵制、选择、操控外物，构筑自己的空间。

所以我们常说：这个人有点意思，大概是指 TA 有一些反骨，让人有发现感。

而那些在不同领域自成一格的人，更是如此，敢于坚持自己的核,终成大业。

所以,从这两个方面来看,**人确实是需要力量的。**

(二)

但力量,其实并不等于敌意。

首先,人真的不必那么讨厌自己。

与自己较劲是正确的,但不是用蛮力。

以前我总看不惯自己的短板,觉得越是不擅长的,就越要去攻克,尤其喜欢拿自己不擅长的,去跟那方面最擅长的人相比。

在这种强烈的冲击下,人似乎能获得一种自虐的存在感——忽然觉得有了一个巨大的目标,彻彻底底改造自己。

然而,**以己之短,比人之长,注定是个怎么填都填不满的巨坑。**

现在,我依旧会逼自己,但只会去较真擅长的东西,把时间放到值得的事情上。

终于接受自身的弱点,那些我怎么努力都做不太好的东西,就不要过度依赖它们。

并不是什么事,都要争个你死我活;

不要因为某一件事情吃了亏,就否定掉自己整个人格;

并不是事事占尽上风,才能证明自己的能力。

生活其实比我们所想的要玲珑很多,有很多出口,四通八达,

这里出了，那里也会进的。

人生短暂，何必为了"证明自己"而赌着口气，浪费生命。

很多时候，我们的所长，并不是那些最走俏的东西，这就导致了人常常看不到自己的真正所擅，而去拼命补短板。

其实，只要换一个标准，就能活得精准很多。

从今以后，那些迎面而来的一切，不要先看它们"好不好"，而是先想想"值不值"。

"值不值"，是从你自己的需求出发，只有先过了"值不值"这一关，再去考虑它"好不好"。

否则，再好，也与你无关。

很多事情，不做，并不是不能做，也不是那个事情不好，而是你觉得不值得。

就这么简单。

所以，与自己为敌，得分场合。

别事事去削自己，把力量花在可塑性强的那方面就够了。

其他时候，跟自己做做朋友也挺好。

（三）

另一方面，现在舆论盛行的敌意，大多是一层虚荣的壳。

很多人觉得，人一定要霸气，要不可接近，让他人看不懂，那才叫厉害。

其实那是装。

一个人真正的力量，是有原则。

这是我年纪大了之后，打心底里的一种信仰——人一定要正直。

这种近乎老土的东西，我现在觉得它比任何东西都有魅力。

聪明、悟性、老练、有趣、帅气……

这些东西，都不如一个讲原则的人有吸引力。

这是从一个人骨子里散发出来的力量感。

有些人故作敌意，只是为了显得很厉害，私底下其实并没有原则；有些人看起来愚钝固执，不好相处，那是因为他处处有自己的原则。

但我们看人，常常只看到前者表面那一套张牙舞爪，却对那些笨拙之人潜藏的忠诚、实在、善意这些品质视而不见。

如果你多留个心眼，会发现很多"聪明"的人，其实很软，他们在不同的人面前用不同的姿态、不同的标准、不同的口吻去说话做事。

看一个人的人品，尤其要看其对待弱者的态度，是否有基本的尊重和耐性，是否会先入为主。

不是说人不能变通，但一个有原则的人，变通度是在一定范围之内的，这个东西叫作下限。

很多人对于弱者和强者的嘴脸截然不同，因为他们太擅长根据对方的地位去调整自己。

这种人我基本避而远之，他们很喜欢用的一个借口是：这是个聪明人的世界啊，能力至上。

一来他们往往年轻（奉行个体精英主义）；二来可能并没有经历过太多背叛和挫折；三来是不够厚重，自己也容易被一些面儿上看起来厉害的虚假所欺骗。

（四）

比起张牙舞爪，我现在更喜欢原则的朴实力量。

人性中的力量，一方面是施展自己，这是本能；另一方面是克制自己，这就是原则。

它里面有一种悲悯和温柔——知道哪些是不可以做的，那是一根灼热而令人敬畏的线。

生命中有太多诱惑，原则感有助于我们把那些涣散的东西（贪念、家庭、事业、情欲）管理、调教、聚拢起来。

我们会发现，**骨子里有原则的人，气场从不是轻飘飘的，不会显得虚浮，不会成为寄居者，不会做个吹擂游说的喷子。**

为什么那么多性感的、才华的、聪明的女人，却终身如浮萍一般飘摇？

很多时候，是因为她们在情感、欲念、本能等一些东西上过于软弱，被牵制住，陷太深，不够硬，失去了克制力。

原则这个词，当代听来已经老土得可笑，但它却能带来长远的

幸福。

自己曾对一个男人说过:
我觉得你是个好人,我不想错过好人。你的这种好,很难得,连你自己都意识不到,或者你一直在为它苦恼,但我却觉好珍贵。
我当时想表达的,就是原则。

这个让当代大多数人忽略,甚至想从自己身上甩掉的老土东西。

"为什么即便得到,却仍旧不安"
| 顺序错了,生活永无安宁

"我愿意深深扎入生活,吮尽生活的骨髓,过得扎实、简单,把一切不属于生活的内容剔除得干净利落,把生活逼到绝处,用最基本的形式,简单,简单,再简单。"

——梭罗《瓦尔登湖》

(一)

在购物这方面,我严重"返祖"。

人年轻时,对物质有一种极强的饥饿感——总觉得衣服少一件,面霜少一瓶,包包还差一个,隔三岔五就要买买买。

记得 2011 年,我还是学生党,每个月打工有将近一万块的收入,却从来存不住钱——

整天泡街拍穿搭论坛;搜罗哪家店衣服有个性;睡前得琢磨好第二天搭配什么;头发颜色半年染一次;指甲一个月换一次;睫毛

一个月接一次；刘海三个月烫一次……

每个月的钱，就这么一分不剩地花掉了。

工作之后，这些东西反倒少了——衣柜里衣服越来越少，颜色越来越集中；瓶瓶罐罐越来越少，用完再买；好几年不化妆不用面膜……

不是在炫耀自己多么"脱俗"，只是觉知到了一个东西：

物质，跟爱一样，你越想索取，就越难以满足。

那种"怎么要都要不够"、"越想满足却越难满足"的感觉，是一种瘾。

我只是想戒掉它。

（二）

这是一个时代的病症。

消费社会，什么都提高了速度：需求越快被满足、花钱节奏越来越快、赚钱速度也越来越不合常理（每个人都在比跳槽加薪，而不是技能的真正提升）。

到处都在说：我要，我要，我现在就要。

但要到之后，不是满足，而是更多的求之不得。

爱物，并不是一件坏事，我也很喜欢研究衣着、家具的材质风格，它们非常重要，是人想要一个好生活的诚意。

但需要区别一个事情，对物和爱的追求，驱动力是什么？

是为了疯狂填饱自己饥饿的心灵，还是拥有了生命自足性之后发自内心的珍爱？

如果是前者，你会发现，它根本是填不满的，因为你顺序弄错了：始终在对外找力量，而没有往里看，先饱满自己，再去面对世界。

对这种"瘾"的觉察，我是渐渐地发现的。

那种迈入商场之后不切实际的疯狂；留恋夜场的暧昧；急于想挣脱目前生活的冲动；迅速开始一段新恋情，又迅速结束它的空虚……

快速膨胀、快速结束、快速轮回、周而复始，苦。

恋爱中，一而再再而三地索取，每一次都哭着问对方：为什么你不再如当初了？也曾有人哭着问过我：为什么你无法跟别人一样？为什么你无法安抚我？无法更爱我一点？

我们都在怪对方做得不好、对方无法满足我的需求，痛恨自己无法掌控对方、占据对方。

像一只被抽干的气球，疯狂往外抓取东西填补自己，但身体里那个洞，却从未想过缝补它。

（三）

忽然有一天，我停止了这一切。

有一年过年，爸妈来机场接我，见我还穿着往年的毛衣棉袄和靴子，心酸得不行。

打开行李箱，除了三本书和贴身换洗的衣服，啥也没有（以前我得提前一礼拜琢磨带哪些衣服回家、每天怎么搭配）。

"你是不是被炒鱿鱼了？怎么不如以前了啊？"我妈问。往年我回家都跟花蝴蝶似的。

我的家人很普通，裹挟着生活于大多数相似的舆论之中，所以也常常焦虑地催促我：花季女孩就应该美美打扮，就应该抓紧时间恋爱结婚，别耽误自己！

爱我的心是懂的，但却很难对他们表达清楚我的真实感受——**放下一切盲目的"赶趟儿"，自己是真的轻松了。**

曾以为是自己跑得不够快、做得还不够，才发现恰恰是不够静、不够慢、不够专注，不尊重自身独特性。

人内在不够饱满时，容易对外物过度依赖，但那并不是解脱的路子，它会把你朝越来越狭窄的路上拉，而不是去往更加广阔的境遇。

（四）

实际上，有几个拥有自己事业的人、掌控生产资料源头的人，是每天花大量时间精心打扮的？

他们发现了能真正让自己安宁下来的东西，叫作**自我价值**。

正因如此，才能抵挡住那些无穷无尽的**欲望耗损**。

这个东西跟两方面有关：

1. 你是否真的拥有生命的自足性，知道自己喜欢什么，想做什么，是否正在一步步实现这个价值；

2. 那些琐碎中的耗损，有时候是世界故意加给你的，有没有识别它们？（为什么男人们更希望女人每天在家淘淘宝，买买衣服逛逛街做做指甲就好？若你愿意把它看作宠溺也可以。**但若把它放入权利体系中去看，这就是一种价值观的慢性驯化。**）

这个时代物之丰厚，常让人无所适从。但丰厚的并不是需求本身，仅仅是物质背后的符号。

粮食的充裕，并不足以让你大量采购，因为你只能吃那么多；

衣物的充裕，并不足以让你大量采购，因为你只能穿这么多；

护肤品的充裕，并不足以让你大量采购，因为你只能抹这么多；

你永远觉得不够的，是消费品背后的符号。对它们的拥有，让你觉得自己是一个幸福的人。

这种幸福，也并不是它们的使用价值，而是别人的眼光。

所以，人一旦拥有这些，很少能怀着一颗普通之心把它们仅仅当作普通生活物品来使用，而总想炫耀给别人看。除非特别有钱的人，见怪不怪了，反而特别低调。

但幸福难道不是人自我的感觉吗？

什么时候开始，让别人觉得我很幸福，才成为了幸福本身了？

一旦被这些挟制，就掉进了一个旋涡，很难爬到上游去发现更有价值的东西。

所以，注定只有一小撮人，能在这个世界链条的顶端生产价值，而为奴役的人，注定是大部分人。他们被这些生产出来的观念蛊惑、掏腰包，自以为乐，永不满足于塑造自己，以为这就是改变命运的出路。

这就是物化——现代工业的神话。

制造神话的人，从不会被神话欺骗，掏腰包的都是那些苦海中的信徒。

（五）

人的生命，是有限的。

这些永无出路的耗损，不知不觉吃掉了人内在的自足，也吃掉了我们对外的开拓，将你拉到一个错误方向上去——

试图依靠外界，而不是通过发现自我、创造价值来获得人生的安宁。

这是一条无尽的欲望之路。

（不要将本文理解成去做苦行僧，而是清醒地区别：对物和爱的追求，驱动力是什么？**是为了疯狂填饱自己饥饿的心灵，还是生命自足之后发自内心的珍爱？**

外物，应当始终为人自己的意志和目标而服务，这样你才不会迷失。）

不要吝啬把功劳给予他人

身边的年长者常说这么一句话：

"舍得舍得，有舍才有得嘛。"

很长一段时间里，我根本听不进去。

现在，自己渐渐有的一个感受是，所谓"舍得"，不是爱的奉献，而是一种心态的转换：

不把眼光拘泥于 keep（苦守、节省、存储），而是放在 create（制造、运转、扩大）上。

正是这个思维，造成了人与人之间财富地位的重要差异。

（一）

生活里确实有这么一种"舍得"效应：

爱情中，抓得越紧，男人越是后退不及；

团队中，越想抢风头，队伍支离破碎得越快；

金钱中，越想贪小便宜，日子越过越局促。

那些执念于"舍不得"的人，日子过得很苦，根源于落后的意识：**执着于眼前静态的东西，无法越过那一根暂时"吃亏"的障碍。**

而那些视野宽广的人，总能在人群中一眼就辨识出来：

爱情里，抓得住长远因素，有足够耐心；

团队中，以整体进步为重，不急于争个人荣誉；

金钱里，敢于投资财富运转，而不是老驴拉磨。

他们真是傻吗？

并不是。

很多时候，成就是水到渠成之事，重要的是要**舍得退一步，去铺这个"渠"。**

（二）

事实上，一个人创造的价值越大，其得到高回报的概率越大。

只是可能不是立刻，不是当下，不在此处。

但只要用心经营，红利总会存储于你的生命中，无论是能力、关系、经验，还是口碑……

反之，如果只想获得，不愿付出，你失去的是更重要的东西：持续性获得的能力。

能力本身，比好处重要太多。

举个简单的例子：

如果一个人工作出色，其上级和老板真会视而不见吗？

当然不会,一个人持续性地付出,迟早会被人发现。

但这根本不重要。

一个人努力,从来不是为了让老板记住。

如果你还在纠缠这个,就依然活在"学生"思维里:做个好学生,是为了老师表扬我。

其实,你人生中的所有努力,驱动力都应该源于你自己。

结果是公司的,但目的是你自己的;效果是公司的,但本事是你自己的;

世界上真正的铁饭碗,是走到哪里都有饭碗。

满足感,源于你印证了自己的每一步假设,而不是源于别人。

所以,一时一刻的荣誉,真的没那么重要。

(三)

那么,什么才是真正重要的获得呢?

能力。

能力来源于哪里?

体验。

体验,来源于哪里?

主动操心、付出。

这个就是"舍"的意思。

不要总是唯唯诺诺站在别人身后,害怕承担责任;不要总是推推诿诿，害怕惹麻烦，如果一直这样想，那你总是什么都得不到。

记得我刚工作不久时，有一些杂七杂八的事交到手头，比如团队联欢、排练节目、活跃气氛之类，需要沟通各个同事。但这些不属工作，不是义务，所以没人挑头，大家也懒得主动参与。

那时我还蛮害羞，对做这种穿针引线的事一点动力也没有：

"大家没动力参加啊，我也不想搞了。"我对小领导说。

"所以你才要带动大家啊。**你不仅要学会做事，更要学会影响别人，改变别人，发动别人。**"小领导对我说。

这句话，一下子点醒了我。

其实，事总是那些事，但不同的人能做出不同的效果：为什么有些人只是勉强完成，有些人则做得有声有色？

一个很重要的思路是：**不要以困难，而是以目标来丈量行动。**

当带着这样的思路去做任何一件事情，漂亮结果只是顺其自然，更重要的是，强大的能力会化成你身体的一部分，它将塑造你未来的生活。

（四）

所以，如果你愿意将结果性的东西看淡一点，最终获得的是整体、长远的利益。

所以我们会发现，一个付出型的人，通常就是领导者。

一个人越是什么都不要，最后拿到的东西越多；

一个人越是往荣誉后面站，看到的视野越高远。

因为他们明白：最重要的不是结果，而是通过努力，验证了自己的做法和思路。

拿着这个经验，去哪里会缺少荣誉呢？而荣誉本身，或许根本已经不重要了。

这是一个树木与森林的问题：当你有了整片森林，便不会再拘泥于那些星星点点的树木了。

放到感情里来说，也是一样的道理。

一个女人天天提心吊胆提防老公出轨，计较对方是不是最爱自己，担心老公工资是不是全部上缴……为何不提升自我价值，扩大交际，从整体上调整这段关系？

刘嘉玲上金星秀，在谈及梁朝伟和张曼玉的关系时，是这么说的。

"他决定就好。"

这句话不是无奈，而是太自信，自信到给彼此充分自由。因为：

你"舍"了的，不过是一些原本就没有那么多价值、本来就不那么牢靠的既得利益，而你"得"的，将是长久的、整体的、牢靠的东西。

抛开个人层面，从大的行业和经济形态来说，这一点在共享经济中是非常明显的例子。如今各业都在讲究开放资源,因为主动分享越多,整体性和持续性利益越大;而越是藏着掖着的企业,只会如无源之水、无本之木,越走越窄。

(五)

这篇文章,不是让你傻愣愣付出,而是,**实在无须因个别的利益,去浪费生命中更重要的事:创造价值。**

无论你是在为自己创造,还是为别人、企业创造。

创造价值的这种能力,始终是属于你的。

只要你能意识到自己的能力,不断浇灌它,让其产生更多影响,合理分配它带来的财富,并反过来继续哺育这种能力,实现财务自由甚至是一番事业,都是顺其自然的事。

最后,送上一段话,小时候母亲反复跟自己说的:

心胸小的人,就像一根针,见缝就占便宜,但针尖头那么细,它占的面儿注定就那么大。

反过来,心胸宽的人,或许不那么擅长占便宜,但它的面儿本来就大,命里占的位置终究不会局促。

单身,真的是一个坏选择吗?

单身,好似已成为这个年头最热,又最怕被触及的词。

说它热,是因为网络上充斥着太多"单身贵族"们的鸡血:《单身是最好的升值期》、《有趣的姑娘都单身》、《单身的快乐,你们这些谈恋爱的人不懂》……

但这玩意,就跟钱一样——人人都说金钱如粪土,但讲此番话的人,大多都没钱。

所以说"单身",又是最怕触及的词:你越说自己享受单身,好像越是在说另一句潜台词:姐其实好饥渴。

因为人总是如此:**越想要什么,又得不到的时候,就越说自己不想要。**

其实,人人都想要一份让旁人羡慕嫉妒恨的爱情。

毕竟,我们都希望别人眼中的自己,是最幸福的。

(一)

虽然承认恋爱的美，但我也从没认为自己是一个急于摆脱单身的人。

我只是，接受了自己在冥冥之中选择了单身。

是的，我【接受】了自己是单身，并且是在【冥冥之中】，【主动选择】了单身。

这才是真实的情况：不是因为恋爱让人堕落，也不是因为单身让人自由，而是，在这个阶段，单身是最适合自己的状态。

很多时候，我们并不需要去诋毁一个东西，抬高另一个东西，来证明自己选择的合理性。

如果你真的处于自信而平静之中。

一个人活法的合理性，并不是在【比较】之中才形成，而是它的【自在性】。

简单来说，我们会发现，人的生活，常常依傍着比较才得以存在：无论是一个东西、一种观念、一个人……它是好是坏，总是与其对立面比较着来说的。

我在北上广过得如何如何，人家在老家过得如何如何；我是大龄女白领，人家是年轻少妇辣妈；我老公一年二十万元，人家老公一年两百万元；我在北京辛辛苦苦买了一套房，人家卖了房在大理开茶馆；我的公司是有限责任公司，人家的公司是股份有限公司；我是单身，人家是情侣……

但其实，人的活法有太多种；人与人之的关系也有太多类，我很喜欢李银河一篇文章的标题:《我们没有理由反对那些无法归类的关系》。

为什么要去归类呢？归类的前提，就是比较。

但其实，你的生活，只有你自己知道，它本身就是具备必然性的。

你的感情、你的事业、你的未来，都是你自己在冥冥之中一点一滴选择出来的。

（二）

我曾有过很多次"脱单"的可能，但它们都无一例外地失败了。

每一次，我都以为是哪里出错了：

是不是不够喜欢他？是不是自己还没定性？是不是我太黏了？是不是对方太忙了？是不是我们环境差异太大？如果此刻出现另一个人，我能坚持吗？……

在每一段可能中，是不同的男人：有喜欢我胜过我喜欢他的，也有我喜欢而不得的，还有两个人都一般般的……

与他们相处中的每一个具体问题，我都有过认真分析，也会试图去证明一些什么。

但到现在，我才渐渐看清：其实并不是什么具体问题，而是我自己一次次在无意识里做出了选择。

我还不想离开单身状态。

人的选择，并不总是直接的。

真实的选择，常常是一些无意识的东西所组成的因果——

你的眼神、你的肢体、你的气场类型、你的用心度、你的下意识、你对未来的储备、你的稳定性，等等。

感情，是一个彼此感知和试探的微妙过程。

你目前是怎样的人，决定了你在一段感情中的实际诚意，而这一切，对方都是有所感觉的，早就了解你的感情状态。

这也是为什么，那么多天天叫嚣着要找媳妇的王老五，依旧数年如一日地玩着；那么多嘴上喷着羡慕单身汉的人，数年如一日地过着两人世界；那么多整天吵着要人介绍男朋友的女人，数年如一日地单着……

人总是不那么表里如一，而你的潜意识做出的决定，才是最真实的。

（三）

同样，也无须去界定单身这件事，到底是好还是坏，是赚了还是亏了。

常有很多读者问我：

颜老师，我二十八岁，还不想谈恋爱，是不是不正常？颜老师，我三十二岁，有房有车，还不想结婚，以后会不会后悔？等等。

的确，那些外界的威胁也好，劝告也罢，自有它们的道理。

但是，要看透：**任何一种得与失，都孕育于一种价值观之下。**

你要去琢磨，那套价值观里，核心是什么？跟你有什么关系？

父母希望我们早早结婚，是建立于那个年代的价值观之下：女人的幸福，源于一个可依托的、稳定的经济共同体；女人的价值，在于家庭和睦、生儿育女；女人的爱情，在于好好跟着一个对自己好的男人……这种价值观的核心其实是经济。

这种价值观之下，自然会孕育出他们觉得的"应该"和"不应该"。

但如果你并不完全信仰这个价值观，你也就不会害怕这种威胁论。

（四）

说到底，人总是很难接受真实的自己，才需要外界鸡汤去证明自身存在的意义。

但我很少读鸡汤，或许是因为太清楚它们是如何被编出来的。

只需保持清醒就好：**单身，这是一个不好也不坏的选择。**

不必去炫耀一个人有多自由，也不必去诋毁那些谈恋爱的人有多世俗。

我有他们羡慕的时候，他们也有我羡慕的时候。

围城，才是人活在世界上的最常态。

终极的幸福和痛苦，反而都不是，因为它们根本就不存在。

人大多数时间里，都活在对别人的想象和羡慕之中。

昆德拉说得好：生活，在别处。

所以，为何不从现在开始，跳出对别人的幻想、对自己的质疑呢？

接受你过去的轨迹，看准你未来要走的路，相信你每一次选择的必然性。

"自己"，就是一幅油画，我们只有不断往前，这幅画才会越来越明晰。

成长，是一个自我不断彻底化的过程，那些不够彻底的部分，迟早会从你的身体脱落。

如果你是一个自我意识很强的人，或许要先接纳自己的自私，因为这种人往往要走到最后，直到实现了自己，才肯为一段关系稳定下来。

备胎，一种不确定的中间状态

（一）
生活里，我们很容易产生双重标准，比如备胎这件事。

养备胎这件事，犹如过街老鼠，人人喊打。
"这个贱人，竟然瞒着我有好几个备胎！"
但我们对自己或亲人是怎么陈述这种事的呢？
"先了解了解，别那么快着急确定关系。""工作先别辞，一边找着一边干着。""女孩子多一些追求者，会让男朋友有紧迫感，对你更好的。"
事实常常就是这样。
当你是被害者时，这事叫作备胎，是不义的；当你是主动方时，这事叫作退路，是大智慧。
其实，它什么都不是，它不好，也不坏。它只是人所处的一种中间状态，生活并非总是明确的。

与其把"备胎"视作一种具有褒贬含义的现象,不如把它视作一种状态。状态,可以穿透人之多样处境,而现象却常带有强烈立场色彩。

如此好处有二:1. 以后再"被备胎"时,能看开些,不消耗自己。2. 能更从容地与自己生命的"中间状态"和平相处。

（二）

人人讨厌做备胎。

有一个朋友,她喜欢一个男人,对方单身。女方主动追求此男,男人不拒绝也不承认,就这样拖拖拉拉了三年。

在这种不明确关系中,她坚持了三年。三年里我见证了她时而上天、时而坠地的情绪起伏,心力交瘁,直至放弃。

我一度把这种事归结于人性善恶的问题:这男的人品有问题。

隔了很长时间,回过头想想:**备胎,是两个人的状态始终无法达到一致:一个人已经倾情投入,另一个人还在犹豫不决。**

犹豫什么呢?

爱情中能让人犹豫的,不外乎两者:

1. 自我的感受:我是否真的爱TA？

2. 利己的考虑:TA对我真的好吗？（女人重物质条件,男人重品性性格。）

这两种考量，是主导人做出感情选择的基本力量。

之所以会出现备胎行为，要么这两个方面都不明确：不确定自我感觉，不确定对方条件，要么是这两方面彼此制衡：喜欢这个人，但条件太差／不那么喜欢，但条件好。

但人，往往都有一定侧重，有人会愿意为爱付出，因为自我感受超过理智计算；有人会选一个爱自己的，利己考虑超过了自我感受。

建议：当尴尬"被备胎"又不甘心放手时：

1. 加深了解，对方是重自我感受（"野马"型），还是重利己考虑（保守型）？

2. 你满足对方这两方面需求的成本有多高，是否能够承担？

说到底，是一个人性最深处最原始的问题：需求明确，与需求满足。

（三）

人人都在造备胎。

如果放到更广阔来看，我们无时无刻不在给自己留备胎：

追着我爱的人，撩着爱我的人；

一边在公司上着班，一边在职场软件上更新着履历和好友；

做生意，一边拖着同时跟另一边聊，最后选一个价格便宜的；

……

在一切没有明朗之前，我们总希望能找到"更好"的那一个。

但生命中有全然明朗的最终时刻吗？

虽然一直在追求，但人性告诉我们，不可能存在。

所以人类社会才发明了婚姻、合同、法制这些制度来限制人的贪念。

在这些制度之内，要学会接纳自己的中间状态，并与之和谐共处。

生活中还有另外一类人：非黑即白，不能容忍一丝一毫中间空间。

这样的人太脆太刚，反而容易被人利用。**对方瞄准的，就是你迫不及待要一个结果的心态。**只要稍稍推你一把，其余的火你就自己放了。

其实，中间状态，不是毫无力气、使不上劲，而是一个不断明朗化的过程。在众多飘散的可能里，要以自我目的为驱动，分辨出对自己而言最重要的可能。

如果你现在还不知道自己要什么，那就在暧昧的中间状态中，**学会推动自己，去感受它，发现它。**

瑜伽里，有一句常用的练习语：**你要学会自己发力。**

瑜伽是一种看似静止柔软的练习，但每一个动作里，练习者的核心肌肉都要朝着一个方向发力，聚焦，直至极限，所以两三分钟就汗如雨下。

生活也是一样，当你有了一根主线，就不会被备胎状态所打扰。如果你能理解别人的那一根主线，也不会因"被备胎"而愤怒。

（四）
为什么备胎这种事儿常常发生在年轻人身上？

因为年纪大的人，能容忍不确定性。

这种心态从一个细节就能看出来：删除的习惯。

以前作为新人，卤煮苦逼地整理一个庞大的资源表，其中有一些是非常陈旧且利用率极低的类目。当时我好心好意一个个挑出来删除，以为越常用越精简就越好，结果客户劈头盖脸打回来：为什么删掉了一些？统统加上！

我满腹委屈：我明明在为他们着想啊！这些破玩意有什么好留着的？

当时领导一句话让自己印象深刻：**有些东西，不要贸然删除，放在那里并不碍事，但一旦删除，就删掉了一种可能性和一种安心。有些动作，不要多加，有些决定，不要替别人下。**

这样一件小事，我想了很久，它体现的是人的灵活性，对紊乱的容忍和放过。

有些人，删除的"点"很低，看到稍不符合的东西就要删除。

而有些人的心态则是：放着也无妨，至少无害，因为你不知道哪天会用到。

删除是个很有张力的动作，不仅意味着对物，更是对生活中的所有，尤其是关系。不急于删除和剿灭的人，情商常常更高，耐心更长，更 softer，也更擅长处理多核关系。

最后回到主题吧。

备胎，一种不确定的中间状态，也是我们毕生要与之共处的。**所谓不乱于心、不困于情，不外乎两点：**

1. 看透"中间状态"的必然性（人性与境遇使然），不去针对太多，不去内耗自己；

2. 有你自己存活于世的主心骨。

Part 3.

女人
这种生物

-
-
-

明明嫁得好,为什么李玟还这么拼?

(一)

昨天看《我是歌手》,有几个关于李玟的细节,印象蛮深刻的。

片段一:节目开播当天,记者在走道碰到前来参加最后一轮彩排的李玟,虽然已经排过好几次,她手里依旧攥着一张小纸条——密密麻麻记满了一会儿要跟乐队老师微调的各种细节。

片段二:节目结束的生日 party 上,李玟老公 Bruce 透露一个细节:俩人在夏威夷度假,自己却时常找不到李玟,因为她总是忍不住跑去工作,即便度假,她一天也有十四个小时在工作。

片段三:节目组单独采访,李玟说道:我不知道什么叫玩票,也从没有玩票过,只晓得做一件事,就要认真做到最好。她笑着坦承,自己最想要的就是获得好名次。

对明星没什么感觉,但有时候想一想现象背后的东西,还是很有意思的。

李玟今年四十一岁，嫁得很好，据说香港婚礼花销 1.23 亿人民币，嘉宾都是珍妮佛·洛佩兹、碧昂丝、奥普拉等名流。老公 Bruce 身家富裕，早年与李泽楷、盛智文（兰桂坊之父）是事业伙伴，连续两年被《巴伦周刊》评为全球最受尊敬三十大 CEO，同榜乔布斯、巴菲特等。

与圈内其他嫁了富豪的女明星相比，李玟算非常低调了。

而且看她的状态，维持得很好，无论身材还是容貌，那股自我要求上进的劲儿始终都在，依旧很 hot，很 strong 的味道。

（二）

一个女人，明明嫁得很好，为何还那么拼？

有一种人的努力，跟外在无关，缘于内驱——他们活着的一个很重要目的，是实现自己的价值，跟结婚不结婚没有太多关系。

他们天生无法容忍紊乱，无法容忍没有目标，无法忍受玩票，无法忍受没有结果。这种认真，不是机械地加班到半夜，工作量巨大那种，而是专注与聚合。

就像一堆沙子，平铺开来，一阵风就能吹走，聚合成一堆金字塔，才有稳定性。世界上一切成就、建构、组织，本质都离不开**聚合思维**。

聚合思维，比发散思维更难。发散思维可以找到全新的方向，但聚合思维关系到持恒与深度。发散，是人作为一种创造性动物的本能，而聚合与专注，涉及分辨、筛选、拒绝、重复、忍耐、责任等行为，其实是一种反本能的克制，是更高级的理智思维。

优秀的人，除了天资聪慧，聚焦力更是比常人要高出许多。一个天生与这个世界的紊乱、迟延、懒散等本能抗衡的人，是完全不可能因婚姻、家境、暴发等外在因素而停止努力的。

因为他们的目标压根不在简简单单过个舒服日子上，而在超越和征服上。

若你仔细观察，思维发散的人，大多杀伤力不大，属于老好人或较油滑之人，攻击性不强。

但聚合和专注力强的人，大多可怕。

他们就像一只豹，认定了一个猎物，就要追到底，中间无论窜出什么野猪、小白兔都视而不见，因为 TA 眼里只有认定的那个猎物。这种人，想不成功都难。不管在哪个领域，什么环境，只要给 TA 时间，定会有所成就。

一个跟自己较劲的人，眼里往往是没有别人的，最终却自然而然超越了别人。

优秀的人，并不是为了嫁得好才变得优秀，更不会因为嫁得好而停止优秀。

（三）

嫁得好的女人，依旧那么拼，还有一个现实原因：

当遇上一个比你强大太多的男人，维系长期关系的最好办法，不是缴械投降。这跟大国小国互处一样，别企图用牺牲和软弱来换取长期的安稳。

不是每个男人（女人）都会知恩图报，感恩你的坦白。有些人就是欺软怕硬，贪得无厌，一边踩着你的一无所有和毫无退路，一边自己肆无忌惮。

其实婚恋与普通人际关系没有多大不同，本质都是人与人的关系——强弱、需求、制衡、博弈。

人与人的关系能持久，因为彼此有需求。一旦一方不需另一方，那根线就断了。就像拔河，对方松手，你只能抓空。

这种关系在工作中是很明显的——如果你不是老板，又要让人办事，怎么办？

交换需求——你给我我需要的，我给你你需要的。

如果现在给不了，那我就得想一些间接的方式给到，或者让你觉得我以后有可能给到你，从而愿意跟我保持目前的协作关系。

单方面的巴结、讨好、同情、威胁基本没戏；同理，自私而无止境地向一个人索取，也是不可能的。

人都不是傻子，在这个社会上，你得保持**有用性**。所谓竞争力，**本质就是增加你被他人需要的概率**。

很多女人，找了条件比自己好很多的男人，如何维持自己的被需要呢？

赶紧生孩子。

女人的需求价值很大一部分是由外貌身材决定，但这个东西只会不断贬值，也就是说，老公对你的需求会不断下跌。

所以你必须创造新的需求点——生孩子。

我是你孩子的妈，这个需求一旦形成，就会随着孩子的长大而不断得到强化。

还有一些女人，就是不断地拼，来获得自我的安全感。

个人觉得后者或许更为靠谱，因为两个人在一起，最安全的还是找到你自己的差异性优势。

每个人立足于这个世界上，倚仗的不外乎两种能力：

1. 洞察别人真实需求的能力；
2. 清晰了解自己有什么能拿出去交换的能力。

我们一辈子都在完成各种各样的**需求匹配**工作，本质就是各种各样的**交易**。

平庸的人，追求的是找到彼此相当的需求，并完成匹配。比如找一个跟自己差不多的人，跟自己能力差不多的工作，一拍即合，舒舒服服，不赔不赚。

不甘于平庸的人，追求的是超出自己需求的关系，通过后天努力让其趋于匹配。如嫁给一个比自己优秀的人，进一家超出自己能力的公司等，看起来是赚了，但后续就得费尽心机维修保养。

如果你真嫁了一个比自己成功太多的男人,最聪明的方式是既让对方明了你的牺牲,又看得到你自己的差异性优势,让他无法吞噬你。

这跟创业是一样的道理,有人说创业就是在耗尽所有资源之前,找到一条可持续性发展和盈利的模式。

所谓"高攀",就是在对方对你的需要耗尽之前,让自己获得可持续发展。

想想吧,你二十五岁时,一个男人说包养你一辈子;你四十五岁时,他怎么可能还记得当时你衣来伸手饭来张口的萌萌哒?

毕竟,没有男人会珍惜轻易就能捡来的东西。

那些在众人面前很优秀,却又甘愿只为我一个人卑微的女人,才让英雄们珍爱。

你以为做个坏姑娘，日子就好过了？

（一）

不知什么时候开始，舆论中刮起了一阵"坏女人"风，尤其在鸡汤和品宣文中无处不在。

这些文本中散发着一股"反骨"的味道，比如"跟这部三级片学习如何做个放荡的妹子"、"我想睡一睡×××"、"最大的梦想是包养偶像"等，它们从很多方面传递着女性的自我诉求。

可能，很多直男先生们要说：反天了！女人胆敢光天化日下评判男人，说情色话题，聊金钱？！

但某种程度来说，这又是一件再正常不过的事。**不是女人们变"坏"了，而是社会允许她们表达了。**

女人表达欲望的需求一直存在，只是过去这样的机会太少。互联网时代到来，渠道越来越多，内容也更加多元：少女心、御姐范、小情色、自我化这些多元的东西得到重申。

所以，这事儿挺正常，每个女人心里都住着个"坏姑娘"，从古至今就在和内心的"好圣母"进行着殊死搏斗。

何尝是女人，男人不也如此吗？

内心住着个"野孩子"，一辆哈雷房车奔天下，大狗足球与美胸。但大部分他们还是乖乖在养家糊口背房贷。只不过，社会很少从男人这一面来说，毕竟男人的双面性（狂野与精英）已被大众吸收，习以为常。

所以，坏女人文风看起来是女人变了，其实是人的一个老问题：驯服与反驯服。

（二）

正常归正常，但"坏"女人这件事就是对的吗？

很多事情的性质，要从程度来判定，女人的"坏"，也同样如此。

有一种"坏"，并不是真的坏，只是一种对禁欲的抵制，女人带有一些主动性的灵气，其实是自我价值的彰显。适当表达欲望、传递自我意识，是一件非常正能量的事。不管是男人还是女人，两者在各自优势范围之内活出最大值，这很好。

第二个"坏"，则是一种被误导的价值观念——女人只有靠欲望化才能解放自己，获得救赎，那就很危险了。

尤其对二十多岁的姑娘来说，容易导致走弯路。

这个年纪的姑娘,或还在校园,或刚入社会,对生活抱有一份不切实际的颠覆欲望:如果有一个强力,能够拯救一切破碎与无望就好了。

这个强力,要么是男人,要么是自己。

带来两个极端:前者容易把男人当金钱工具,女孩们急于敞开自己热气腾腾的身体,用年轻躯体去寻找内心并不明确的幸福。但实际是,男人们并不傻,也不应该被如此物质化地对待。

后者容易把男人全部视为见异思迁的纯生物,她们过度克制情感,强调权力,并愤世嫉俗地孑然一身,过得有如金刚芭比,并故作坚强:我一人挺好的啊。

但是,做一个这样的"坏"女人,日子真能变化吗?
并不尽然。

(三)
人追求幸福,首先需要搞清楚对自己而言什么是真正的幸福,这个过程会花费很长时间。

我们对生活的认识过程,像一条抛物线,从低,一点点上升,直到高潮,再一点点回落,归于平和。

年轻时,用力过猛是常事。

坚信女人变得复杂、邪恶、凶狠才能打一场翻身仗，这种思维恰恰暴露了你的幼稚与简单化。

"听说那个谁谁谁又傍了个大款；听说那个谁谁谁又嫁人了；听说那个谁谁谁又升职了……"

你迫切地感觉自己需要改变，又不知该如何改变。

"改变外界，多难啊！不如改变自己重塑三观来得痛快与爽利！"你报复性地这么想。

这样一来：

1. 假想敌有了：男人、善良等世间惯常的优秀品质，它们就是造成我生活如此平庸的罪魁祸首！

2. 希望有了：老娘从现在开始"作"，机会就会来的！

但这样的姑娘过得真的好吗？并没有。

这样的女孩，漂在北京 数一大片，从眼神中能读出她们内心的欲望。其中的大多数，依旧挣扎在内心与物质之间，过着内外双重廉价的生活，眼高手低，看得见五彩缤纷灯火辉煌的结果，却触及不到真实可靠亲自把握的过程。

说实话，能想到要走这一步，多不是傻孩子，够机灵，却不够聪明到看清生活的事实：**你是怎样的人，遇到的就是怎样的感情关系，世界是平衡的，人也是充满弹性的。**

你的真诚、认真、付出、踏实换来的就是靠谱的对待；你想玩一玩，别人也就是玩一玩你而已，你想玩交换的游戏，对方往往比你更精明。

魔鬼与天使存在于每一个男人身体里，你本可以得到一个天使，却偏要把魔鬼逗诱出来。

而且越是层次高的人，对于真善美这些核心的品质，是看得越重的。

姑娘，你又何必偏偏要走下面的那条 low 路？

无论男人还是女人，恰恰是改造外界，创造价值，才值得尊重，那才是一条真正改变命运的路——一点一滴磨合身边的伴侣，一点一滴完成事业的积累，一点一滴提高亲人的生活质量……

世界是美好的，但只有当你亲自参与到其中的时候，它才是属于你的。

女人，尊重比宠溺更加重要

想起一个久远的事情。

之前公司开会，有同事开玩笑说点评下每个人，他先是认真评述了每一位成员，轮到某位女生，直接说：××嘛，很漂亮。没啦！

全场哄堂大笑。

女生确实漂亮，性格又可爱，大家总忍不住开她玩笑。姑娘也开得起，还配合着演戏，假装气鼓鼓地冲回座位。

我知道她其实是个特别努力的人，那种努力对她自己而言是很认真的，但在别人眼里却蒙上一层不严肃的色彩，显得可爱而笨拙，不具任何杀伤力。这种印象令她变得受欢迎，在团队中备受保护。

我不禁想起一些问题：

社会中女人被预期的完美角色是什么？当这种预期与女性自己的追求不符时，该怎么办？女人是否应该适时假装/利用这种"无杀伤性"面具？

对女人来说，尊重与宠溺，是否天生就是水火不容？

（一）

其实，"无威胁"伪装是一种普遍的生存策略，只不过这个策略在女性这里，似乎格外好用。

常有人对我说：作为一个女孩子，有"天然武器"不用，你就是浪费。

所谓武器，指的是外貌、撒娇、眼泪、性感乃至示弱等等。

其实我参悟到这个道理挺早的，但明白是一回事，能不能做到又是另外一回事，由性格决定。

十八岁到二十五岁之间，我曾试图迎合过一些东西。

一是自己长相还算清秀，以前留长发时，外貌"欺骗"过一些人。加上自己性格外热内冷，遇人遇事以笑为先，对他人观点多是倾听，所以看起来很温润。

这种形象下，我发现自己吸引到的男性，大多是同一类型：年纪偏大，较强势，经济实力还可以，喜欢开导人跟人讲道理。

刚不久，他们都觉得我性格特别好：静，乖，随和，好相处，遂追求之。

这些人的口吻几乎都是："何必这么累？如果跟我在一起，你做不了小女人，那是我的失败。"

骨子里，我很反感欠别人的感觉，连问家里人张嘴要钱都会不舒服，一个人这样过了多年，忽然感受到兄长般的关爱，不由产生一种龌龊的心理——**原来女人也是可以偷懒的！**更恍若梦中惊醒：原来我之前过的一直都是"中性人"的生活！

但接下来就发现了另一个问题：我压根不知道怎么"做女人"。

搬家，从来都是自己打包、独自叫搬家公司、自己收拾；

上学，经常一个人泡图书馆，一个人吃饭，一个人听讲座；

周末，总是一个人逛商场，一个人打工，一个人晃悠；

不爱穿高跟鞋，一穿上走路就特别扭；

不爱穿紧身衣，一穿着就浑身勒得要爆炸；

说话实诚，语气耿直，回复直接；

……

于是，我开始了一番改造自己的过程，试图"配得上"更加舒服的生活。

（二）

但每段感情，都以分手而结束。

归结起来，原因如下：

1. 对方觉得我性格有落差，跟刚开始接触不一样；

2. 我无法妥协于对方的要求，给予不了对方想要的；

3. 最主要原因是，**当我改造自己时，不自在。**

想贪图点啥，于是兴致勃勃去迎合一些东西，但骨子里的独立和倔强却让自己更有力地反弹回来。

归结于一句话：自我意识在急速生长，而外界又没有强大力量足以压制住这个自我意志。比如遭遇重大挫折、特别需要男人帮助之类。

所以，当我以舒服的方式来生活时，发现并不需要他们，分手也不难受，反而轻松。

内外两方面都证实：这种感情模式不适合我。

于是，便干脆"纵容"自身意志，并一发不可收拾：剪了超短发，穿自己喜欢的衣服，按自己的目标工作，以自己喜爱的方式生活。

就这样，我成了一个自在却又劳碌的女人。

（三）

不可否认，社会上确实有些舆论，认为女人可以活得轻松，**但之所以能"轻松"，是因为这个世界从未对女人有过太高期望。**

日常生活有一种说法，叫做：**女人的幸福靠悟，男人的幸福靠打拼。**

什么意思呢？

女人本是一种内在性生物，擅长"自造"很多情绪烦恼，所以才会有情感鸡汤的盛行。如果不用美容购物、心灵充实这些东西填补内心，怎么能顺利地活下去？

而当女人依赖一个男人时，这种内心的不安全感会更严重，设想假想敌、怀疑、猜忌、觉得自己不受重视、想考验两人感情等。

所以，人们才会说：**女人要看开啊**。潜台词：少些欲望，少些野心，多些小确幸小知足，就能活得快乐。

到男人那，标准就简单多了，衡量一个男人的标准基本等同于其对外创造的价值（事业成就、社会地位）。

为什么女人的幸福来源于自己悟，而男人来源于外在性？

再说，女人"看"开，事情就真的能开吗？这会不会只是一种自欺欺人？

设想一下：出了问题，女人只能内化掉；而男人会从外界寻求力量，铺设关系，解决问题，客观上进一步促进男女差异——男人更加理智、客观、有逻辑，女人更加感性、紊乱、情绪化。

同时，这种差异再一次加剧女性对于男性的生存依赖：希望他对我更好，让我避开外部环境，不参与社会竞争，不处理生产对象，于是进一步加剧女人内心的不安全，并再次让她们去"看"开。

恶性循环。

事实上，无路男人还是女人，将理想投射于外在，改造世界，证明自身价值，这才是人获得自信与愉悦的根本出路。

正是在对外界的参与中，我们扩充了自己的信息，发达了处事逻辑，反过来促进心智强大，最终内外兼修。

(四)

这篇文章并不是宣扬女权主义，只是想澄清一个重要的东西：**长远价值和眼前利益，要分清楚。**

在女人那里，宠溺和尊重似乎很难兼得。大部分情况下，当一个女人获得外界尊重，她往往失去了可爱；而一个女人惹人怜爱，其在大事上又很难有主见。

但宠溺和尊重，与其说它俩是并列对立，不如说是一个线性过程。

从宠溺走向尊重，是每一个女人的必经过程。

有次看《中国式相亲》，第二位女嘉宾是一位离异女人，有个十一岁的儿子。她在 VCR 中这么说道：

"二十五岁之前，我靠脸吃饭；二十五到三十五岁，我靠男人吃饭；直到三十五岁，我才开始真正靠自己。"

三十五岁那年，她带着儿子离婚，净身出户。

录像中她眼含泪水："我儿子本来是个富二代，跟着我变成了一个穷二代，然后觉得不行。"

一个嫁入豪门的女人，重新进入社会赚钱，开面馆，做服装生意，做直销，终于有了自己的事业。

今年她四十岁。

世界很现实,并没有一劳永逸的捷径。**很多女人以为可以逃避的东西,其实无法逃避。**

你最后还是必须面对现实,无论原因是什么(失宠、变故、自我醒悟、自尊心),一定会不得不解决一个问题:**如何在这个社会上获得尊重,过上可以亲手把控的生活。**

回到开头那个例子:

工作上犯错了,你撒个娇或许能逃过一劫,但换来的是什么?

别人永远不会把你当作一个能扛得起责任、能付诸利益的人相待。

这是你想要的吗?

为了逃避一个错误、获得一时的舒服,而不去面对自身缺点,接受社会打磨,如果这就是性别带给女人的好处,不如说它是一包慢性砒霜。

你终究要面对现实,只不过那时可能代价更高,后路更少。

宠溺,只是一时的好处,而尊重是长久的,它是一种身份。

女人最抗拒不了哪种男人?

答案很简单:

那些一声不吭就把事儿给办了的男人。

(一)

答案好像并不符合这个多元的时代:

小鲜肉呢?肌肉男呢?潮男呢?

外貌呢?身材呢?收入呢?才华呢?

这些都没错,但它们更多是表象,不是根本。

女人对男人的期待始终都没有变过:**男人味来源于:执行力。**

对女人来说,一个男人的意志(执行力),是最大的迷药。

对于异性的审美,我们其实很少改变。就像男人的理想款始终是肤色白皙头发黑长直温柔坚忍的女人一样,女人钟爱的一直都是男性气质明显的男人。

找到原因，你就明白了。

（二）
原因一：女人生物属性的弱势

无论一个女人多有钱，多强势，在男性群体中，始终有弱势的一面。这一点从男人和女人的吵架中可见一斑。

情侣间的争吵不算，我说的是一个男人和女人在没有任何关联时，作为独立个体之间的对立。

赤裸裸暴露出女性在生物性上的弱势。

我见过一位普通男同事对女同事低吼。男人平时话不多、看起来有点软，女人则是生活中很躁、外强中干那种。

一次开会中，一件事情上女人一直叨叨叨埋怨个不停，不给男人说一句话的机会。男人终于忍不住，瞪着眼睛看着她，足足安静了几秒钟，全场都快窒息。接着他平静而大声地说了几个字：你能闭上嘴让我说句话吗？

当然，他接下来很快控制了脾气，温和地说了见解，并无恶意。但那一瞬间，我感觉到了女人眼中的惊愕害怕，似乎那一秒能被他吞下去。

每个男人，不是没有脾气，大部分时候只是他们不愿跟女人发脾气，因为那种来自生物的生猛本性，女人根本承受不来。

还有一次在咖啡馆，听到一个女老板在打电话（开的是对讲），好像是跟她的投资人。两个人越说越厉害，最终到争吵。如果说女人的话尖刻，男人的话简直肮脏，那种辱骂的"脏"，褪掉了文明外衣，根本听不下去。

女老板挂了电话，眼眶红了。

不是生意谈输了的不甘，更像是她真实感受到自己性别上一对一的"弱"。

其实女人无须直面男性力量去单挑，她们可以通过各种间接方式"操控"男人。软化、管理、游说等，所以我们也常说，政客是女性化思维。

想要说明的一个事实是：**男人和女人，在生物力量上处于不同level。这种力量，经过多年逐渐演化成男人在爱情中的天然优势。**

（三）
原因二：女人矛盾的情爱属性

女人骨子里，多少有一些"贱"性：她们既希望男人细心关注自己的感受，又幻想他们像霸道总裁一样办事。

女人总说：要给我惊喜，千万别提前三个月征询我的意见，问东问西试探来试探去，这样很烦！

就一个字：做

什么也别说，直截了当地买，送。

女人喜欢的并不是礼物本身，而是这份心意。一旦你开始渲染这份心意，它就毁了。

女人说：你要解决问题，千万不要过多让我选择，我会好痛苦。

就一个字：做

什么也别说，漂亮地解决就好。

女人并不关注这个问题咋解决的，而是享受依偎在一种强有力的感觉中。

情爱中的她们总是矛盾：希望男人对自己敞开心怀，又希望他独当一面，像座山一样坚毅。

你不说，她们嫌你封闭不沟通；你多说几次，她们开始怀疑你太娘们。

是不是很烦？

但这就是女人。

说到底，爱情中，女人多少有点斯德哥尔摩综合征，希望找一根比自己强大的主心骨。

所以，男人追求女人时，一旦自己变成女人，那就完了。你要做的，是努力做个更男人的男人，体现自身的价值。

（四）

我妈是生活里精明强势的女人，而我爸是老实沉默的男人。

我爸平时不多说，说了必兑现，略粗暴的低调暖男，我妈很吃这一套，撒泼的女人就在他面前软绵绵。

其实我爸并不讨喜，百分百直男癌。比如我妈买的衣服，他常常觉得丑；在他眼里，大部分女人喜欢扯是非，不大气，有很多天然缺陷；他不说漂亮话，不爱奉承女人。

但他是一个做的远远比说的要多的男人。

结婚三十年，他连工资卡都没摸过，一直我妈拿着，钱全部归她管，花哪里去了他很少过问。

他又是一个有些孤独不善表达的男人。

工作上的事，他很少吐槽；晚上要看电视听着声音才能入睡；生病时候，很少哼哼，总说没事；吵架时候，只是默默出门散步，再按时回家。

但我妈只要生病了，他二话不说默默把家务提前干了。

我妈爱夸他："你爸好好呢，特别会疼人"，我爸每次都很不以为然："这话就不该说嘛，两口子，做点事情有什么好说的。"

我妈浪漫，而我爸是个现实的男人，他俩鸡同鸭讲了一辈子，用我爸的口头禅：别扯那些有的没的，讲正事好吗？

跟这样的男人过，你不会有太多梦幻的感觉，生活不过柴米油盐酱醋茶，但你就是离不开他。

（五）

女人心绪看起来很复杂，要的东西其实很简单。

请不要对她说太多实现不了的漂亮话。一次食言，会理解，两次、三次，她们会觉得你靠不住。也不要渲染太多辉煌的过往，有时无声地做，就是最有力的证明。

那些一声不吭就把事儿办了的男人，总让人心动。

他们或许不是最帅气、最出风头、最能说的，但总有一种无言的厚重魅力。

女人，也并没有那么虚荣。

一个有房有车有很高收入，但是靠二奶包养的男人，你会找吗？显然不会，连好感都没有。

男人最重要的地方，在于意志。

成功的男人，之所以被女人饮慕，多在于意志。**有意志的男人，不一定成功，但他们常常身边不缺女人，比如一些穷小子。**那些一声不吭就把事儿给办了的男人，霸占了几个最致命的吸引力：

意志、低调、可靠。

至于其他细枝末节，女人们并没么介意。她们要的，不是"妇女之友"，而是一把将自己搂过去的厚实肩膀。

漂亮容易,性感难

关于漂亮和性感,人们总是把它俩混成一码事:性感的姑娘就是漂亮啊!

似乎是这样的,比如米兰达·可儿、安吉莉娜·朱莉、莫妮卡·贝鲁奇,集性感和美貌于一身。

这是一种情况,她们是上天的宠儿,性感与漂亮集于一身。

但还有这样一类女人,水原希子、斯嘉丽·约翰逊、舒淇、玛丽莲·梦露。

这一类女人被称为性感女神,但若仔细观察她们的五官,精致无瑕吗?定眼看,并不是,甚至都有一点怪怪的地方(比如嘴巴很大,雀斑,眼睛很开之类)。

但她们某些瞬间却异常性感,注意,是**异常的性感**。

再比如一些女星,Angelababy、李英爱、娜塔莉·波特曼、奥黛丽·赫本等,她们都很漂亮,却不会让人即刻联想到性感。

可见，漂亮女人不一定性感，性感女人不一定漂亮，这两个词之间，有一条隐隐的界限。

（一）

西方美学史上，有两种关于美的定义——一种以英国经验主义为代表，他们认为，美是让人愉快的，是感官的快感。德国理性主义则把美定义为"完善"，涉及概念、规则与和谐。

其实"漂亮"和"性感"这两种美感，也有类似意味：

漂亮，比较"实"，有一定的标准定义：比如脸小，鼻头小，鼻梁高，眼睛大，腿长，皮肤白等，各个要素之间搭配协调、完善。

而性感，比较"虚"（当然你可以说胸大臀翘是必备，但并不尽然，性感和婊气是有差的），很难说必须具备哪些元素才能被称作"性感"，而且各个要素之间并不和谐，经常是矛盾和突兀的。

（二）

更有意思的是，两种美，带给男人的感受是不同的。

漂亮，符合共知的标准，属于"界限"之内的东西。身边坐着一个精致漂亮的姑娘，很多时候我们以为自己是在观赏她，其实不如说是在"探究"某种构造：就想这么一直看下去，穷尽她面容的每个表情，每个部分的精致、协调、角度……太美了！

所以，**极致无瑕的漂亮，会引发庄严**——太和谐太精密，仿若不是出自人类造物之手。

此物只应天上有!

这种感受也会影响到男人对漂亮女人的欲望——男人对过于精致的美人,下意识反应不一定是消费她(除非非常暴露),而是供着她、保护她,男人会更易在乎这个女人的所属性——她是我的女朋友,我的老婆。

再者,因漂亮象征组合的和谐与庄严,也更易被附加价值,特别是善的含义,如尊敬、赞许、贤惠、清纯等。

来看看性感。

性感的东西,共知标准不多,总带些不规则,主导它的是独特性——一千个性感的女人,常有一千个性感的理由。并且每个人性感的那个点,吸力都格外强,像一个黑洞,越往里走越无穷无尽,它是活的。

个体的独特性,胜过了普遍的美学概念:完善、协调。

在性感这里,碎片战胜了完整。

另一方面,和漂亮的秩序世界相比,性感属于玩笑的世界,甚至有一丝阴郁不堪,因为它和"性"有关,而"性"不一定跟"美"有关(激发性欲的常常是"丑"和"恶")。

所以我们在生活中常发现,已婚男人找小三,不会再找"老师"型——老师早就被娶进家门供在厅堂了,婚姻之外大多找的,**是发自本能想找的类型——以供尽兴地消费与使用。**

性感的女人很难幸福，恰在于她们的性感。男人与过于性感的女人在一起，哪怕是认真交往，也**很容易滑入一种虐恋的情境中——指向毁灭性**。因为性感女人吸引男人的地方并不"均衡"，而是突兀、尖锐和垂直的，让他们急剧着迷，难以克制，产生极度占有欲。

漂亮的庄严，因与生物性拉开距离而指向永恒，而性感的邪恶，直指大地与本能，促发消费欲念，只有当下，毁灭和死亡。

（三）

但在我看来，性感比漂亮难。

性感，不是赤裸裸的露，而是独特性和非常规。漂亮之所以简单些，是因为通往它的道路往往依附于公认标准。

和谐带来美，却不一定能带来性感，性感是一种错位。

这也是为何人常说性感的女人更危险，因为她更难让人驾驭。

性感和漂亮，是人的一种两难：性感代表着人的生物性、毁灭性；而漂亮则代表着人的神性，理性，永恒性。

每个人都是灵与肉的合一，当我们是动物时，第一位就是汹涌难挡的欲念；当我们是神时，第一位就是缜密如绵的智慧。

在情爱中，也隐含着一种难以两全的悲剧：**男人既想供着忠贞不贰的庄严女神，散发着圣母的圆满光辉；又想拥有激发自己生命力的魔女，充满极致的荷尔蒙气息。**

或许这也是困兽们的即世魔障：**责任感与社会性的荣光勋章闪闪发光**，而欲海中的本能又那么汹涌直接。

有灵魂的女人都是好色之徒

最近流行一个词,叫作:污。

女人会有"污"的想法吗?当然有。

好色的女人不敢说都是有内容的,但是有灵魂的女人都好色,无一幸免。

(一)

大部分女人都好色,看到俊美小鲜肉会荡漾,看到成熟大叔会害羞,只不过她们跟男人的好色不太一样。

男人的色更偏生物性,比如有的喜欢大胸、有的喜欢长腿,有的喜欢翘臀,有的喜好细高跟鞋包臀裙黑丝袜,心心念念想跟她有一段美妙的风流韵事。

无论中间过程怎样曲折,本质目的指向于消费。

女人的好色要复杂一点,在性方面,女人比男人更接近于人。她们不会单纯为了性而色,更多是为了一些说不清的"感觉",这些感觉里可以衍生出很多东西,有些是情欲,有些是崇拜,更多则是希望和这个男人在未来有结果。

男人的好色在于过程,女人的好色指向结果。

男人可以做到起于性,止于性。女人可以起于性,但很难在性上就戛然止住。

很多男人会有这样的想法:天啊,她怎么一天到晚想那么多那么远?她们就是一架易于启动的机器啊,一旦触动了某个地方,就很难刹住车。感情世界里,女人总是容易受伤的一方,因为自动脑补就是她们的天性。

或许你要说,很多女富婆不也包养小鲜肉吗?武则天不也荒淫后宫吗?但无论一个女人如何花如何享乐,她们内心总有一个终极的、绝对理想的感情归宿,也许它曾宣告失败,也许它被深埋,但它终归还在,在某个时刻可以随时点燃,继续犯傻。

女人,就是感情动物。

(二)

替女人把好话铺垫完了,正式说一说好色这个事吧。

首先,对女人来说,男人长相无所谓这种话,其实不太成立。

女人爱的不一定是很帅的男人,但一定不是毫无气质的猥琐男——

看到《火星救援》，技术男好帅好想扑倒啊！但要是人家长成葛优那样呢？

看到《星际穿越》，好想约一约科学家啊！但要是人家是霍金那种身材呢？

看到《华尔街》，超级迷恋腹黑系金融男啊！但要是人家秃顶发福还一毛不拔呢？

那些说女人不看长相只看钱的人，未免片面。

每个女人在成长过程中，并不是一开始就知道钱、地位、名牌包包这种东西的。她们中的大部分都花痴过某个三分球打得特别好的大男孩，都希望在走廊巧遇年级草，都有过一段"无性别意识"的纯审美时间。

那个时间里，她们跟小男生一样，直到女孩们长大，某个瞬间到来，才明白（或被诱导觉得）男人的魅力不仅在外表，而在其他。

区别，也在这个时候才显现出来——**稍微有一些品质的好色，都不是纯生物本能，也不是纯物质崇拜，而是想象的结果。**

一个没有想象力的人，大多枯燥乏味。**没有想象力的女人更是没有灵魂的，因为想象力决定了鉴赏力。**

并不是每个人都有很好的鉴赏力，一方面是文化素养阅历，另一方面就在于想象。如果没有想象能力，人永远无法从事实层的东西透到可能层的东西。

色之心，从何而起？

仅仅看钱，或仅仅看肉，那只是买和卖的关系，嚼之无味。

就好像有些男人偏爱御姐，不是因为御姐威严，而在于他们相信御姐背后一定有不正经的一面，他们的乐趣就是想象并发觉每一个正经女人背后的不正经。也好像女人觉得男人扯领带的动作最帅一样，人都不喜欢赤裸裸的暴露，让他们受不了的是性感。

性感来源于遮掩，禁欲，挑逗和得之不易的希望。

有想象力和感受力的人，他们好色的东西，都在这些更深的地方。

（三）

这也是为什么人们常常说，好色的女人大多有点"坏"，人一旦有了想象力，就多少"危险"了。

不是她们本质上坏，而是由其好色之心散发出来的一种媚，她们既能想象到自己要什么，也能想象男人喜欢什么。

另一方面，好色的女人大多非常自信，所以基本不丑。一个不自信的人，是不敢好色的，更无法精于好色。所以无任何社会经历的乖乖女，能识别出男人的俊和帅，却很难欣赏到不同男性个体的味道，她们连自己的魅力在哪儿都没有意识。

再次，这里所说的好色，不是放荡，而是有度的释放——幽默，开得起玩笑。浑身散发荷尔蒙的女人，未免廉价；一天到晚苦瓜脸不懂情趣的女人，也是无味。

乐而不淫，哀而不伤，荤而不腻，恰到好处。

好色，宽泛来讲，是一种双向概念。一个人对另一个人单方面的色，那只能叫花痴。成功的好色指的是，你能鉴别出别人值得色的美，也能吸引到别人对你的好感。

这篇文章并没有在倡导任何不道德的行为，这里说的是一种泛化的"好色"，就跟泛化的"性"一样。

这些东西，恰恰正是文明、物质、实业的根源，因为它们是人生在世的乐趣。

你很少会发现一个成功的人内心很单调，情商很低能，视野很局限。越是丰富的人，越能敏锐地发现不同的美，也越是想拥有世间的一切美（此处"美"也请做泛化理解，不是仅指人）。

正是精神上的东西，才驱动他们不断追逐，创造出了物质和金钱。

而大部分人，只舍本逐末地看到其身上暴发富裕的一面，而非最宝贵的部分——想象力和精神意志。

为什么亚洲女人那么怕老?

怕老,是人之本能,但亚洲女人好像格外怕老,为什么?
原因很多,挑一个有意思的点说一说——审美的稚龄化。

(一)
先来看看大部分亚洲男人眼中的美好女子,这些女孩有着共同的特质:白嫩、清纯、略带怯弱、无攻击性……如此特质里包含一个共同点——纯真。

纯真,意味着女孩们的未经世事。

经历,对男人和女人来说,是价值含量完全不同的事。

对男人,未经世事是一件坏事,象征着无序、失控与愚蠢,他们像一匹匹力量难以自控的小马驹。

对女人,仿佛未经世事是一种无上的奖赏——这个时期是每个女人一生中不可逆转的黄金时代。

而成熟，作为一种指向"有所作为"的元素——后天经验、人情世故、老练智慧等在两性那里也完全不同。

有经历的男人，值得托付；而经历太多的女人，敬而远之。
为什么会这样？
因为竞争。

（二）
世间任何一种相处，都涉及政治，男人和女人的关系也一样。
两人从确认关系，到组建家庭，意味着共享经济收入，牺牲自我空间，放弃更多可能。稍有经济优势的一方，往往会本能地加剧自身优势，而稍有自我意识的一方，也会试图维持自己源于家庭之外的安全感。

这也是为何现代家庭里，男人更乐意女人做全职太太（以前都是双职工），而这一点实现起来反而越来越难（现代女性多不愿意放弃自己的经济来源）。

两性关系里，男性很难接受比自己强悍、聪明、经验丰富的女性。
男人对女人的审美稚龄化，不仅是外貌，更多是心智和人格上的取向。

所以，现代社会很盛行一种恋爱形态：大叔和萝莉。
这种关系里，男人骄傲地称自己大叔，女孩则甜蜜地把自己当作丫头。

高晓松这样回顾比自己小十九岁的前妻:"她跟我一起的时候还很年轻,没进入社会,她的基本世界观都是我塑造的。我老婆对世界的看法,听什么音乐、看什么电影,都受我影响,所以我们大部分想法很一致,这样很幸福。"

结果如何?他的前妻这么写道:

"一年前的四月,晓松回到家,坐下来平静地对我说,他想结束这段婚姻。理由是,和我在一起生活他感到不快乐,他想要更多的自由和创作空间。三天后,晓松收拾好行李搬离了我们经营多年的家。一切猝不及防,我像从童话世界被忽然扔进倾盆大雨,浑身湿透。"

审美稚龄化发展到极端的表现,叫作处女情结。

处女情结,源于"专属"的仪式感——你第一次给了我,我就成了你的"唯一",这个东西是怎么都不会泯灭,怎么都甩不掉。

说到底,是一种安全感的匮乏。

这种安全感的满足,来源于男女之间的不公平:我的第一次属于我自己,你的第一次属于我,我反正占了便宜,像买了保险。但一层膜到底能保障到什么呢?不过是面子而不是感情,该变心还是要变心。

(三)

这种对"零经历"的推崇,给女人带来的,是一种诡异的人生矛盾。

首先，她们的生命过早经历了早熟。而后，她们又经历了太多的后知后觉。

先说第一点。

二十岁开始，大部分女孩就猝不及防地迎来了自己生命的"全盛时期"。

为什么说是猝不及防？

因为一个人的意识、人格、价值观很难在二十岁出头就完全形成。

想想你的生活，父母们高三还在严防死守你的早恋，结果一进大学就被告知接下来四年是完成你人生大事的大好机会。那些毕业就完婚的女孩，成为很多母亲口中的骄傲。

十八岁之前，男孩和女孩的心理经历是差不多的，她们感受不到自身性别承载的社会意义。十八岁到二十二岁之间短短几年里，女孩们迅速发觉自身性别优势、时间紧迫、生活可能的巨大变化，并背上沉重的人生 KPI。

"二十多是生孩子的最好时候，晚了就难得怀上了！"

"三十多还不结婚，孤苦终老咯！"

所以，女孩在读大学期间往往发生翻天覆地的内外裂变。

留给女孩们"懂事"的时间如此之短，她们丧失了心智的完整形成过程——人作为独立个体，在社会上，生存能力逐渐发达、认知逐渐健全、人格逐渐完整的过程。

恋爱、婚姻、生子、事业等所有"KPI",都应围绕这个过程顺其自然地抵达,而不是相反,为了完成"任务"而抑制自我发展。

再说说后知后觉吧。

杨澜说过一句话:"你需要什么样的男人、什么样的生活,初恋是想不清楚的"。

同样,大叔和萝莉的感情里,最后受伤的往往并不是萝莉,而是男人。

因为不成熟,又享受着黄金时期的一切宠爱,女孩很容易为了得到一些东西而过度消费自己。

不是说这种老少恋关系不对,而是说对此种关系的非理智推崇不合适。

网络上不乏类似"有个大叔是怎样的体验"帖子,可以搜索感受一下"脑残"程度。

女孩享受这种不动脑子的废柴状态,却从不会想到未来三十年之后面临上有四个老人、家有一个老人(自己的丈夫)以及数个孩子的生活责任。

如果问她们,大多是这样的回答:我没想那么远啊。

对于年纪差异大的感情,也曾有读者问过我——

"颜老师,我今年二十三岁,对一个大十三岁男人产生了好感,不知道对方对我有没有意思,要不要去争取?他离异。"

我的回答如下。

"萝莉和大叔之间最大的问题不是年龄和阅历，而是两个人相处的不真实。会爱上一个大你十三岁又离异过的男人，或许因你从未和这一类人'接地气'地接触过，好感只是源于盲目。

"如果把他从背后的阅历中剥离出来。问问自己，你会爱上这个中年灵魂吗？很多现在他有的，你迟早也会有；他经历的，你也要经历；很多你以为是他独一无二的，不过是一个普通人的喜怒哀乐。

"若想清楚了这些，你依旧选择他，这才是对他公平的对待，因为你看重的是这个人，是他之所以是他的东西。如此，你们才能有精神交流，这是两个人走下去的根本原因。否则，你很快会对他产生腻烦厌倦。"

（四）

这篇文章并非在倡导所谓女权，只是在强调人本身。

人活在这个世界最根本的意义在于经历，在于完整，在于自我意志和价值的实现。

就这一点而言，没有男女之别。

女人的生命中需要有更多发现自己、成为自己的时间。

男人们也无须自卑，总想着圈养 只无知无害的金丝雀才最安全。

恰恰相反，一个从未经历过的女人，她不知道自我重量，才很容易被未来的诱惑卷走（除非你的优势特别明显）；而有一定经历的女人，知道自己要什么，应该珍惜什么，是更加忠诚的伴侣。

为什么有些人明明长得一般,却叫人欲罢不能

有段时间流行一句话,叫"主要看气质",气质这个词,可算被玩坏了。

不过它应该是真实存在的。

不然,为什么有些人明明长得一般,却让人欲罢不能?

(一)

我的朋友圈里潜伏着一些明骚暗斗的文艺男,他们喜欢分享二十世纪八九十年代关于文学诗歌摇滚的各种照片和文字。

一开始我以为是情怀,后来发现根本原因是女人。

那时候的女人真是美啊,无论是港台的美人、北京的尖果儿,还是江沪的海派,美得各有特色,都很有后劲儿。

差异化,气质的最首要前提。

除了差异之外,气质的另一面,叫作**自然**。

有一种美,叫**压根没意识到自己美**。当一个人一举一动是无意

识的时候，最有味道。

生活里我认识一个姑娘，五官和身材其实都挺一般的，却特别招人喜欢，尤其是男孩子。

为什么呢？

这些男孩对她都有一个共同的评价——姑娘有一个表情，非常勾人。

这话一说，我就明白了：跟她的笑有关。

她很喜欢笑，几乎每时每刻总是在笑，你喊她名字的时候，她回头微笑；你说话的时候，她微笑倾听；你逗她的时候，她笑点很低地乐了。笑对于她来说是一个最平常的习惯。

他们所说的那种表情，并不是笑本身，而是当她的脸在平静和笑意即将漾开的临界点，那一瞬间，很迷人。

因为经常笑，所以那个临界点，总在她脸上无意闪现。一收一合，有时还卡在半路上一会儿，表情很鲜活。

"那种似笑非笑的表情，我形容不出来，太特别了。"这是一个男生的原话。

她自己对此一无所知，还总跟我说自己太爱笑了，没有高冷范儿，却没想到最自然的这一点才让别人欲罢不能。

风格，是一种灵动飘忽的东西，氤氲在人周围，无法固定。一旦你按外在规则刻意去模仿，势必要打乱本属于你的气息，风格很快就散去。

（二）

风格，是对物化的一种反抗，它和人的灵性、意志有关。

意志力强大者，风格就聚力鲜明，意志薄弱者，风格则稀薄涣散。

喜欢看话剧的观众会发现，一些优秀的话剧演员其实不帅也不美，但只要一进入角色，无论角色多么卑微，都能在瞬间征服每一个人。

再举一个日常例子。

人常说，能不能hold住一种服饰、一种发型、一种妆容、一种打扮。有两层意思：

1. 最基本一层：这些打扮是不是符合你的风格？

2. 更高一层的要求：你风格是不是足够强到能压住那些不那么符合你风格的装扮，甚至内化它，穿出属于你自己的味道？

如果可以，那么你的风格取胜。如果不可以，你的风格就关在里面出不来。

当一个人能开创出一种前所未有的审美潮流，其风格就非常强大了。

典型的例子，Kate Moss。

二十世纪九十年代初期，欧美模特圈中盛行身材高大、体形丰满的主流审美标准。满脸雀斑，五官平面，身高不足170厘米，体型消瘦、罗圈腿的Kate Moss完全格格不入。

但就是这样一只丑小鸭，将颓废、病态、波西米亚和后工业时代的美感演绎得淋漓尽致（迷离而分得很开的双眼、有缝的门牙、高耸的颧骨、几乎没有的眉毛），改变了欧美一个时代的审美，成为至今的时尚女王。

（三）

现在不一样了，风格正在消逝。

以范冰冰为模板的美，在娱乐圈复制。

每个人都在按照她的标准小心维持着，只有范冰冰自己倒是最肆意的——妖媚、可爱、中性、甜美……无论她怎么跨界，始终是范冰冰，只会不断强化丰富范冰冰的风格定义，永远没有不伦不类的危险。

所以，人一定要有自己的风格，**在独属于你的风格里，怎么耍都是个性；在别人的风格里，怎么折腾，都差点意思。**

独特的风格，或许并不是生来就有的，而是一点点落定、聚合、凝结而成。

对于男人来说，风格还算明确可达，男人是一种外在性生物，生来的使命就是对外开拓与创造，所以他们的风格不来源于长相打扮，而是来源于经历——有故事的眼神、做事的方式、能力与地位等。

男人的标签似乎一直源于与外貌无关的东西，否则，就容易被打上娘气的烙印。这也是为什么大多数帅气的男演员，只要发展到一定年纪就总想往沧桑感、老丑胖上折腾。

对女人来讲，就没那么公平了。

按照与外在无关的东西（如经历、能力）来欣赏一个人的标准，在女性世界里很难推行，似乎女人天生就是被人用来观赏的，涉及内在的部分翻来覆去就那么几个词：贤惠、单纯、性格好、顾家、勤快等。

但如果你仔细琢磨，无论哪个领域，有明显风格的女人大多流露出一些略微"中性"的攻击性味道。

这里的"中性"，并不指外貌，而是**性情的反骨、不易屈从的个性**。娱乐圈里徐静蕾、斯琴高娃、翁红、刘嘉玲、金星、王菲、周迅、那英乃至林志玲（我一直觉得她是个很聪明的女人，擅长利用"直男女神"形象，却又没有真正屈从于女性的物质化，不然早嫁了），都有点这种意思。

有时候想想，如果男人和女人在一起，是两种风格的平等匹配，该多好。

但这却很难实现。

大部分男人对女人的好感，肇始于外貌；而大部分女人对男人的爱，却是剥离了外貌，指向能力。

那些到了一定年纪还能继续外貌协会的女性，说明她们内心的安全感还是挺强的，起码还能像男人欣赏女人一样，欣赏貌美的男人。

如何快速脱离失恋期？

常有人问我失恋这件事。

人要缩短失恋期，关键在于：越快让自己搞明白"为什么要结束这段感情"越好。

任何一件事，如果能从你个人的角度解释得通，基本就解脱了。

恋爱也是如此。

（一）

第一步：养成意识——感情是可以被分析的。

治疗失恋，绝不能靠逃避和硬撑。

比如，很多女生解决失恋的办法就是把对方骂成"渣男"。

这并没什么用。顶多过过嘴瘾，你从心底根本没有说服自己：到底哪里渣了？渣到什么程度？哪些渣是你一辈子都忍不了的？

其实，失恋最大的痛苦是"不甘"，你对这段感情没有想明白，很多东西不确定。

人的痛苦，来源于对其身处情境的不清不楚。

在拎不清的状态下，我们会放不下、回头挽留，等等。

所以，你一定要自己把问题都想通。

大部分人可能要说：爱情不是理智的，没法分析！

这种想法并不正确。

人在情爱里受苦，就是因为我们总告诉自己：爱是非理性的。

爱情的肇始，可能是"非理性"，但爱情的过程是一个事件，它是可以被分析的。

但大多数人思维都是懒惰的，宁愿去挨不清不楚的苦，也不愿意主动思考。

这一点在工作上同样，人们常常情愿遭受螺丝钉的痛苦，也懒得去承担老板的痛苦，即思索之苦。

（二）

第二步：沉进回忆，把它当作一个工作对象来分析。

卤煮曾做过半年时间产品经理的工作（很不称职），觉得最有意思的事是：主导性地思考一个对象的全部发展过程。

从 0 到 1，从 1 到 0，来来回回串联，推演每个部分可能导致的效果，以及产生效果的原因……

你会发现，只要是个客观过程，就一定可以被拆解与分析。

感情也一样。

就像治洪水，一直垒沙包是没有用的，你要去疏通河道。

我的方法是：抽出一整块时间，沉浸回到整个相遇过程，把它当作一个产品对象，回顾、分析、推演它，找到来龙去脉和根本原因。

很多人，对业务的分析很有逻辑，对感情却很难。

但我一直觉得这是一种能力，可以通过日常训练做到——

如果你喜欢思考与架构，你就会想把万物都当成对象来分析。因为每一次如果能想得通，能圆回你自己的一套设想，是非常有乐趣的。

（三）

第三步，推动沟通，获得（坐实）你需要的理由。

失恋中，人要解脱自己，根本在于要坐实某些真正的理由，才能迈出下一步。

什么是真正的理由？

你为什么必须离开这段感情的原因。

一个人失恋痛苦，大多因为他们想不明白自己为什么必须要结束这段感情。

所以，你要帮自己找到这个理由，并证明它的合理性。

对不同人来说，这些理由是不一样的。

举一个例子。对卤煮而言，有一些特质是我很难接受的：

1. 精神出轨 / 确实不爱了 / 找到更爱的人（这个我确实无法

改变）；

2. 幼稚（我不愿意花时间陪对方走过幼稚期）；

3. 自私（我无法过度迁就一个执着于自己特殊性而不做改变的人）；

4. 懦弱自保（我不会取悦一个在感情里过于自保，不主动疗愈的人）；等等。

纠结时，我会尝试去"坐实"这些理由，看它们是否是造成这段感情不顺的原因。

因为，人常会因为对方其他方面的好，或自我暗示，掩盖掉实际问题。其实，肯定是有一些你无法接受的东西在那里，才会让感情不顺利。

你要做的是冷静跳出来，发现这个东西。

以上关于"理由"，只是举一个例子，它是微妙多变的。

可以是各种：**你的原则、对方缺点、对方对未来没有规划、外界条件、你自身问题、机会成本、对方真正的人品，等等。**

关键是，这个理由一定要足够客观、没有回旋的余地。

把这个东西坐实了，你才能阻断自己去挽回。

第二个问题，如何推进，让这些真实的理由暴露出来？

恋爱里，我们大多靠感受性来驱使自己的每一步行为：痛苦、快乐、合拍、不合拍……却很少动脑子分析感受背后的原因，以及它是否会影响你下一段感情、是否要采取行动解决……

所以，一方面，一旦失恋，你要立刻理智起来，把现象背后的原因找到，并归结出来。

另一方面，当一些理由不确定时，你需要与对方沟通，进一步坐实。

卤煮经历过的最成熟的分手，是两人坐下来全部聊开，确实无路可走，轻松离开。

这个过程中，我们同时找到了各自需要的理由，同步放手。

但大部分分手是"单方面分手"：我不想继续了，咱别联系了。

这是一种极度自我的行为，等于切换掉了你们同步放手的可能。

很多单方面主动分手的人总会说：还解释啥？我已经解释得很清楚了。

但往往作为"被分手"的你并不清楚。

这个时候，你得自救，不要傻里傻气一个人闷头消化，胡思乱想。

你要像推进一个项目一样，穷尽一切办法，推进双方充分沟通，让理由更快清晰、被证明。

注意，什么是"充分"沟通，不是由对方说了算的，而由你说了算。 你是自救，所以你要清楚到什么程度，你才算验证完成，足以解脱。

所以，不断按你的目的推进，你没搞清楚，就要想办法去化解这些不清楚，从而让它们能从你的角度变得"可解释"。

无论方式是什么，哪怕最后对方很不耐烦，不必 care。

因为有时从对方最后的沟通，乃至态度中，你都能证明出一些理由，足够你看清其真实为人。

（四）

爱情本是一场 PS，所以治疗失恋，本质是"祛魅"——你要做的，只是诊断一段已经失败的爱情，交一份事后的分析报告。

在这个过程中，不断逼自己走向更清醒，而不是更执着。

越快搞清楚原因，你就能越快接受它的死亡。

必须承认，解脱自己，也是一种谎言，因为你是从自己角度去说服自己放弃，难免偏颇。

但，这篇文章是一颗药，效用是第一位的，并不是为了追求真理。

目的很明确：**为了更快回归正常生活，你必须自驱自救，化解心中的执着。**

人要学会利用理智，让自己更坚强。这是一种生存上的选择，毕竟谁也不想做生活中的林黛玉。

至于爱情的"真相"，谁都说不准，或许也没那么重要。

因为很多事，只求努力过，哪怕最后失败也可以接受。

Part 4.

与过去的
自己告别

人生最重要的一天,是爱上自己的那一天

人在二十到四十岁之间,内心大多经历着一个漫长而巨大的变化。

这个变化就是:**从讨厌自己,到爱上自己。**

(一)

人的奋斗,往往肇始于对当下的嫌恶。

就像古人所说,不平则鸣。

年轻时,尤其如此。对自己的憎恶,是他们前进的动力。

尽管生活里总是在说一些"正能量",比如悦纳自己、知足常乐。实际上,**负能量,往往才是逼着人往前的初始力量。**

因为人快乐时,会希望时间在此刻停留;只有痛苦时,人才会迫不及待离开、前行。

大学时,喜欢虹影和她的成名作《饥饿的女儿》,读了整整两遍。

故事中,那个潮热山城贫民区的干瘦敏感小姑娘,一步步从卑微的出身、强烈的爱恨、不见天日的生活中"饥饿"地奔逃出来:逃出家庭、逃出故乡、找到自我身份,成为一名旅居异国的作家。

那大概是自己第一次对"饥饿"一词有了深层的理解。

一个饥饿的人,总是精力旺盛;而酒足饭饱者,才蔫了吧唧。

(二)

那年,我大三。

自卑、臃肿、平凡。

时常纠结高考失利,不爱上课,挂科,有点小兴趣又不知该干什么。对金钱有了点意识,做过社团发过传单当过家教甚至卖过电话卡,却更觉贫乏卑琐,忙碌茫然。

和同龄人一样,混沌、稚嫩、浅薄。

大三末年,我搬出宿舍,在校外山头一栋民宅里租了一间房,独自居住。结果莫名其妙患上了难以启齿的强迫症,对一切细节执着到抓狂。

后来回想,**这或许根源于对自己的厌恶。**

对一个人格还未健全的孩子来说,整天独自面对自己,其实挺危险的。在没有同龄人、没有沟通与对话的坏境里,那时的我只是更加清楚地看到:当下的自己,与内心理想的差距。

那种深深的不满足感,波及日常一切,形成了一种将一切细节纳入规范之内的冲动。

强迫症的本质，源于一个人太热爱生活，而又无力掌控所有细节。

所以，我决定考研，作为逃避当下的希望。

考研大半年里，自己变得特别特别饿，一天吃四五顿，半夜起来煮面，隔三岔五买一大堆零食，任何一种食物只要打开在眼前，不吃精光就会非常难受。那段时间，一度胖到一百三十多斤，蓬头垢面藏在一个大袄子里。

那种饥饿感，或许同样源于对自己的讨厌。

幸好，并不是每个人都像我这般自我折磨。但也正因如此，才得以更深切感受到一个东西：**很多时候，讨厌自己，似乎总是常态，而爱上自己，格外难。**

（三）

曾写过一篇文章：《为什么越优秀的人，越难觉得快乐？》

因为他们的满足度总是很低。

什么样的人，会满足度很低呢？

一个总想离开自己的人。

人与动物的一个差别在于：**动物的灵与肉，永远是一致的，而人不是。**

对动物来说，吃饭就是吃饭，交配就是交配，当下的一切，与未来没有任何关联。一只刚从老鹰爪下逃脱的母鸡,下一秒一定是安安心心继续啄米,好像什么都没有发生过。

它的心中,没有延续性的恐怖。

人却不,人总在寻求超越。当下的所作所为,会与未来某个目的形成关联。

我现在正在考研,是为了未来更好的学术环境;

我现在正在工作,是为了未来买一栋更大的房子;

我现在正在应酬,是为了未来某一次更好的机会。

我们总是想离开现在的自己。**因而,每一个当下的行为,总被赋予未来的意义**。这是人的高级之处,却也是脆弱之处,它带来了生命中的希望与失落。

那些优秀的人,在这一点上比常人更严重。他们对当下的批判、对未来的想象,超出一般人许多。

他们那一拨把自己逼得走得很快的人,有时候,一度走到了自己的前面去。

(四)

但当你冲到自己前面,回过头,会发现:**那张脸,依旧是你自己。**

活着,是一个不断离开自己的过程,像蜕皮般一层一层剥落,露出新的自己;

但又是一个不断回归自己的过程,一股向心力,冥冥中拉着你运行在一条固定轨道上。

我们总在愤怒地冲撞自己,然后又重新爱上并修复自己。

浮浮沉沉,反反复复。

生活中,常有这样的说法:"你必须先学会爱自己,这样才能爱别人。"但这话说得太表面,不过是教人别亏待自己云云。

真正爱自己,是你终于接受自己是谁,你的能与不能,你的开放与边界。

人常常要跋涉很久,才能看清自己:知道哪些事可以做、哪些事不能做、适合哪种生活方式,不再轻易改变,守得住自身特质。

这一天,来之不易。

只有当这一天到来,你给自己花钱,你关注自己的身体,你照顾家庭与朋友……这些动作,才有了明确意义,而不再是为了做而做,更不是为了成为别人眼中的谁谁谁而做。

(五)

但如果一个人爱上自己,是不是就会停止不前了?

并不如此。

当一个人讨厌自己时,其往前冲的驱动力会很强,饥饿难耐;当一个人接受自己时,他依旧会往前,只不过走得更垂直、更稳。

或许步子会慢一些,但直到那个时刻,你才终于双脚着地,双眼从天空望回地面,将自己视作一个完整自足的个体,尊重它的独特性。

不再随意与别人比较;

不再容易羡慕嫉妒恨；

不再轻易动心起念；

不再觉得什么好的都适合自己。

同时，你也会更加执着。执着于自己身体和心灵的舒适感——

对那些契合之物的追求更加坚定；

对那些逝去的过往不再强求；

能更快地识别出每一次削足适履的愚蠢。

因为你找到了自己的"核"，像一个射箭者，一点一点地找到靶心，而靶心之外的东西，舍弃得干脆利落。

你内在的柔韧度、力量感在增强。这就是一个人成熟的过程。

如果你讨厌此刻的自己，别担心，它是你开始的驱动力，好好利用它；但要始终尊重你本来的模样，它们是早已埋下的种子，你会回头寻找它的。

起跑，始于对自我的逃离，但在终点等你的，依旧是你自己。中间那一遭，就是不断清晰自己的过程。

后来，我们终于学会爱上此刻的自己。

人世间最美的东西,是遥远的相似性

《奇葩说》有一期里,鹦鹉史航说了一段话:

"一位女记者采访科学家霍金:你这辈子有没有被什么事情感动过?霍金很认真想了想,说:遥远的相似性。

"就像一个星云跟另外一个星云,一个黑洞跟一个黑洞,这儿的地脉跟那儿的地脉,这种相似让他感动。他可没说紧邻的相似性,这个对联跟那个对联,这个石狮子跟那个石狮子,这种相似性他不大看得起,他感动的,是因为相似,战胜了遥远。"

这段话触动了我。

不是紧邻的相似性,而是遥远的相似性。

这也是宇宙中最神奇的地方之一:**生命的平行性**。

(一)

人终其一生,都在不停找寻着自己的相似性。

大体通过两种方式：

1. 从紧邻的环境中找寻；

2. 去遥远的地方找寻。

大部分人，选择了第一种——**致力于发现相邻的相似性，并在此基础上建立生活。**

从小长大的故乡、学校、工作、亲人、朋友、恋人、身边人介绍的其他关系……他们的生活关系像涟漪般，一圈圈从最熟悉的核心往外扩展。

没有离乡背井，没有重新开始，没有巨大的断裂。

我的父母、发小、他们都如此生活着：在熟知的环境里发芽、扎根、逐渐自己也成为了环境的一部分，像土地与树木，共同呼吸。

但我却失败了。

很长一段时间，我一度为此纠结：为什么哪儿都不像我的故乡，哪儿都不是自己可以停留的地方？

为什么无法早早在校园发展一段恋爱，然后顺其自然过渡到结婚生子？

为什么无法毕业后就直接参加工作，然后顺其自然融入故乡城市的脉搏？

为什么无法给父母一个安稳的交代：找一个他们熟悉的男生，

他们熟悉的对方家庭,以他们熟悉的方式完成婚礼,过他们可以理解的日子?

后来才明白,原来我是第二种人。

(二)

当一个人在相邻的环境中找不到相似性时,时常会选择忽略这种不适感:

"这很正常啊,人要适应环境嘛!"

"日子嘛,都这样,过下去就行了!"

"想那么多干吗,别那么浮躁!"

压抑自己全盘接受生活安排给你的一切,就这样活下去。

我做不到。

第一次发现与身边环境的差异时,应该是在中学。

那种差异性是什么,我当时并不知道,只是明显地觉得孤独。现在回想起来,可能是早熟导致的,**对生活的众多可能性知道得太早,却又无法超越当时一切客观条件。**

在父母眼里,我很淡漠,不跟长辈撒娇,不长期待在家里,不乐意跟身边人热络,总交一些他们不认识的朋友。

在同学眼里,我是个有距离感的人,不爱拉帮结派,也不爱集体活动，与少数几个人走得特别近，传小纸条，共同写日记。

那时候无论是坐公交车还是走在路上，总忍不住想一个问题：怎么样才能离开？

现在看来，这种想法其实很幼稚：离开去哪里呢？怎么离开？离开又能做什么？

但"离开"的想法是那样莫名强烈，好似内心赌着一口气。

小时候读的中学很差，身边没几个人想读书。我也搞不清为什么要学习，只是隐约觉得，**学习这件事，或许能与"离开"有一些关联**，所以整个高中就跟打了鸡血一样学习。

唯一让我快乐的事情，是互联网。

2004 年高中，我迷上了写博客。

每个周五的夜晚，是最开心的时刻，那是我和自己对话的时间，一个人静静地在房间打开电脑，任笔墨驰骋，天马行空，写各种各样的东西：音乐、电影、小说、意识流、只言片语……直到凌晨三四点。

这个习惯一直保留到 blogcn 关闭。记得那时自己的 blog 名称还挺装逼：私喊，竟也积累了一小撮读者，认识了 blogcn 上第一批码字者，彼此读着各自的生活，历经着相似的感受，通过留言沟通想法。

生命的平行感，自那个时候起越发清晰。

这个世界上，原来有很多跟你相似的人事，只是你不知道。你应该去寻找。

（三）

现在，我的生活轨迹很大程度都由它决定：遥远相似性。

离开了故乡，离开了身边的人，并依旧在"离开"状态之中，未到停留的时候。

每天都在敞开怀抱，接受那些突如其来的人和事，感恩每一次"相见恨晚"的偶遇。

我相信，这是一种积极能动的生命观。

因为对"平行生命"的笃定，才不愿妥协于四周与自己毫无共性的东西，才会珍惜自己内心最本质的"核"，才坚信一定会找到（创建）适合它的沃土。

人，无法选择自己的出身和环境，却是有权利选择离开的。

当你在当下找不到任何相似性时，为何要削足适履？为何不去努力找寻？

请一直保留着"生活可以更好"的信念。

这种"任性"之举，并不是青春期的产物。恰恰相反，是自己历经了很长一段时间的自我压抑才渐渐看明白的。

生活中可以交心的朋友很少，他们很大一部分都是我"中途遇见"的。多年前我们并不相识，各自生活于不同时空中，却默契地长成了相似的人，然后遇见、参与并且改变了彼此各个阶段的生活。

这是多么神奇而美好的缘分。

一具鲜活的躯体，对自己的需求是有觉察的，你知道自己需要什么营养、什么样的土壤适合你，和怎样的人在一起能更好激发出能量……

如果你也曾跟我一样，**在相邻关系中遇到的相似性很少，只能靠一些偶然的方式来获得相似性**（如互联网），或许应该思考一下了：为何你会进入一个同类如此之少的环境？

或许，有些人是出于一些原因，比如为了先解决经济问题。如果这是你自己主动的选择，并对此赋予了明确的合理性，那么继续你的计划。

如果这并不是你的目的，那么，是否尝试过主动换个环境？

如果没有，为什么？因为你并不觉得能够找到更适合你的环境？还是懒 / 拖延？

我始终相信，人与环境的匹配度对于一个人的成长起着至关重要的作用，不要勉强自己融入一个总让你觉得不适的环境。在还有成本尝试的年纪，不要放弃对于自身潜力的发现，对遥远相似性的找寻。

（四）
需要区别的是，这种寻找，绝不是逃避。

曾有一位朋友问我：跳槽，对还是不对？

我的回答，其实没什么"对"或者"不对"，只要区别一件事：**你是在有意识发现自己更好的价值实现方式，还是逃避一时的工作问题？**

如果是为了更好发挥你个人价值，离职不见得是坏事，这就跟谈恋爱是一个道理。找一个不爱的男人结婚，你忍得了一时，却忍不了一世，最终勉强不了自己太久，倒不如多谈几次恋爱，搞清楚什么东西是自己要的，什么是自己愿意妥协的，什么是自己无论如何都接受不了的。

建议做符合你气质、擅长（即你最有可能对别人建起一定门槛的能力，不要与你本就不擅长的事物赌气死磕），并且能获得自信和成就感的工作。

但若只是为了逃避工作问题而离职，只是治标不治本。

（五）
我一直相信，每个人就像一颗果子，有一个属于 TA 的核。

能不能找到那个核、能不能坚持那个核、能不能寻到一个供养它的土壤，这三件事情注定了一个人是否可以开到灿烂。

生活很大,当你在熟悉的环境中找不到合适的土壤时,那些"遥远相似性",不应被忘记。它们在那里,等待着你去发现。

为什么日子越来越好,爱情却越来越难?

关于爱情,有这么两个观点:
1. 一份感情如果对了,一定是顺遂的;
2. 真爱,总是来之不易。
这两个看似矛盾的观点,我都同意。

(一)

不知有没有发现,**如果一个事物适合你,它大多是顺遂的**。总是水到渠成、顺理成章,让人觉得有如神助。

所以我们常说:**求来的,都不是爱情。**

真正的爱情,不必费尽心思去猜、去追、去等、去耗。它就像两个齿轮,"哼哧"一下就吻合上了。

这种观点,适用于父母那个年代——那时时间很慢,一生只够爱一个人。

当两个年轻人相遇,一拍即合的化学反应总是分外浓烈,并且"药效"很长——足以推动他们从约会、吵架、和好,到见父母、结婚,直至吵吵闹闹过完一辈子。

那时,两人恋爱之后,属于个体间的差异,总能被巨大的生活消化,化为两人共同的自我。

因为那时人很单纯,环境变化慢,人没有太多其他选择,更没有太强烈的自我。

但如此状态,当代已经很稀缺了。

一拍即合,常常成为两个人美好的开始,却不再足以支撑他们走完全程。

作家李碧华说:聪明的人不适合谈恋爱。

我一直觉得,这不是在形容一个人,而是在形容整个时代的爱情。

(二)

这一点,张爱玲看得很早、很透。

幼年曾读《倾城之恋》,但到如今,才懂它的残酷。

故事发生于新旧交替、处于半殖民地的香港城,男女主角范柳原和白流苏,都是时代里的聪明人,他们身上有太多"劣根性":不够傻、太精明、太自我、读了太多书、有了太多经历。

如果在一般境遇下,同是这两人,想必最终不过露水一场;

而当整个城市倾覆,两个孤独的个体在战争中一无所有,只剩彼此时,精明的皮囊终于张开一个小口子,探出真正的灵魂,彼此相拥。

真实,往往不存在于日常中,而在突发的断裂之中。

如果你无法理解这句话,想想"5·12"大地震之后吧——无论是当地人,还是来自各地的志愿者,在那样一个特殊场域里,他们彼此帮助,呈现的自我是如此直接单纯,仿佛脱离了一切阶层经济等外在物,这在日常中根本不可能。

故事的最后,世界恢复平静,范柳原和白流苏虽重新披上了世故的皮囊,但最终结婚。聪明的两人都知道,自己这一辈子再也赶不上另一场战争了,再难对另外一个人袒露自己。

那段战时里的回忆,被供成一尊佛,安放在两人心灵深处,足够用上一辈子,抵御日常的所有物欲虚浮。

总的来说,这是一个皆大欢喜的结局。

但仔细一想,如此结局却是由外力造成,是香港城的沦陷成全了一段爱情,不免遗憾而悲哀。

张爱玲击中了当代爱情的最大痛点:**是灾难造就了爱情,而不是我们自己。**

人越聪明,就越难自我成全一段感情。

在当代,感情已经很难由自我驱动而获得,成了偶然性的东西。

故事中并没有钩心斗角，只是生命偶然抖了一抖，爱情，就犹如地毯里静默许久的灰尘，轻轻扬了一下。

像一场烟花，黑暗中就那么绽放了一下。

（三）

不得不承认，这个时代给了我们很多。

信息在速度和广度上的延伸，让我们可以把一辈子当几辈子来花。但同时，它也给了我们足够条件放纵自己的贪婪和被动：

信息太大，于是每件事上停留的时间太短；

自我太强，于是想完成的梦想太多；

提升自我太容易，于是越不想为任何人停留；

结识成本越来越低，于是换个伴的念头就很轻易。

但，爱情始终是一种精耕细作的东西，它需要：

1. 长时间地充分专注；

2. 不断痛苦地坦露真我。

千百年来，从未改变。

而现在的我们，越来越难熬过这个过程——停下来了解、守护一个人，为一个人改变、打磨自己，直到两人活成一个人。

每天，我们遇见那么多人，或许有那么一些人入了眼，却很难有一个能走进你的心。

心不在焉。欲壑难填。永不满足。

（四）
所以当代人的情爱，生出了两种奇怪的状态。

1. 速食爱情：不识人，先痴情

严肃八卦的罗贝贝写过一段话：识人，是建立一段健康感情的第一步，不识人却痴情，最让人无话可说。

爱情何尝不是如此呢？

比如相亲，看似是为求个结果，却常常失去了自然培植的过程，造成不识人就结婚的悲剧；

比如约炮，直接就是不要结果，只求个"一拍即合"。

尤其在北上广，两个陌生人遇见很容易，停下来聊几句却很难，坐下来喝杯咖啡更难，一周坚持见面三次绝对是难上加难。

然而，人对于情感的需求却从没有减少。

所以"不识人，却痴情"的悲剧一再发生。那些无处安放的感情，让多少痴男怨女终究只能擦肩而过。

2. 情绪沉溺：世界上并没有爱情，只有对爱的证明

当代人其实并没太多爱的实际过程，却有无比丰富的关于爱情的想象和情绪。所以爱情越难，情歌的产业越发达。

那些沉溺在苦情中的男男女女，他们爱的不是对方，而是爱情中的自己。像是在演一场戏、在K一首歌：苦情的、傲娇的、性感的、历经沧桑的……

千百年来，人们总在迷信一个东西：真爱一定是历经千辛万苦。**但那所谓的千辛万苦，是真的千辛万苦，并不是苦情的投射**，后者只是虚幻的自我代入和自我折磨。

个体，注定平凡，但人又不甘于此，所以便有一种将生活传奇化的冲动。

为了让自己跟"他们"不一样，我们擅自调整生活难度（包括爱情），去贪图一些够不着的东西，比如男神、女神，只为让生活更难以抵达。

这种人，他们的生命无法被日常点亮，只能由"我想爱你"这一类卑微而伟大的东西点燃。

在自我感动中，他们终究爱的只是自己。

（五）

这并不是一篇批判的文章，只是我也常常问自己：**为何日子越来越好，爱情却越来越难？**

这个时代，难道人人都需要一场战争、一场变故、一次意外吗？是否人人都需要那么一个瞬间让自己停下来，褪去致密的外衣，专注于一个人、某一段关系？

是不是，聪明的我们，有时候聪明过头了？

真心对你好的人,并非总能让你欢愉

生活里有很多古老的道理。它们天天被人挂在嘴边,却很难入心。
比如:良药苦口。

(一)

曾交往过一个男人。

他对我真心实意,却嘴笨心实,跟他在一起,自己总是被莫名其妙戳到怒点。

"我想辞职。"我说。

"你才刚工作多久,这么浮躁。"

"我想×××。"

"你能行吗?你想想看,@#¥%……&"

"我不×××。"

"还是不要,这么做你一定会被打回原形。"

……

他年纪较长我一些，阅历比我丰富，常出于好心给我一些劝诫，但方式总让我受不了。

印象里，他悲观、嘴笨、不留情面，又偏偏冷静而正确。而那时的我还处于张牙舞爪的年纪，最不能容忍的就是被人戳破现实。

久而久之，我厌烦且离开了他。

现在想想，当时自己其实还蛮"浅"的：**还在为言语层面的东西而怄气，却辨别不出表象下更重要的东西——他说的话到底有没有道理？**

为什么人常常会被语言的表象欺骗，却无法根据自己的需求去辨别、摘取那些真正对自己有益处的事物？

只因一个迷障：**你自己的喜好。**

（二）

人很容易迷信一些"天生"的东西，比如直觉、天分、投缘等，因为它们来得没有缘由，颇为神秘。

在这些"天生"里，个人喜好，是最强烈的一种。比如爱情里的"感觉"或"眼缘"，没有这个东西，爱情就不是爱情了。

但个人喜好，也常让我们犯一个难以察觉的错误：**"我喜欢，所以 TA 就是好的。"**

事实从不如此。

人世间，让你欢愉的人（事），并不一定真正为你好；对你有

好处的，也并不一定总能让你欢愉。

工作中，这个道理更加明显：

一个你觉得无趣的人；

一个你觉得不留情面的人；

一个你觉得笨拙的人；

无论跟你是否投缘，但他们在其位置上或许一直做着对你、对公司、对大局有好处的事——

无趣的人，悉心盯着每一个执行细节；

不留情面的人，忠心把控着每一个项目的边界；

笨拙的人，默默做着很多别人不愿意干的活儿；

……

无论你喜欢不喜欢TA，对方的好，都在那里，从不因你的喜好而改变。这是一个人之所以是TA的根本品质。

可惜人总是很难做到脱离自我的喜好，去欣赏一个人的本质。

另一方面来讲，被人投其所好又是一件太容易掉以轻心的事情。

当你投别人所好，去达到一个目的时，你是在明处，自己清醒得很；但当别人投你所好时，你却是在暗处，悠悠然仿佛飘在云端，难以看清。

所以，保持清醒是一件特别重要的事。

（三）

人世间的欢愉，有两种：

一种是浅显而直接，来源于本能；

另一种则是苦涩和回甘，来源于反思。

后者，就是和"先天"相对的"后天"。

其实，"后天"里，藏着很多优秀的品质：耐心、谦卑、清零、克制、体察……

和一个迷信先天因素的人相比，看重后天因素的人往往情商更高，对人更有耐心，不那么傲慢专断，也不易被感觉性的美好欺骗。

如果说"先天"是聪明，"后天"则是智慧，它需要思维转一个弯，而这正是人有别于动物的原因。

因为人可以从当下感觉中出离，能够在诱惑面前退后一步，往深处多想一寸。

当朋友夺走你天天抱着的酒瓶子时，当父母粗暴扔掉你房间里私藏的烟盒时，当爱人直言不讳给你意见时……

不管方式你喜不喜欢，但他们对你好，这一点始终是客观存在的。

所以，把以下两个东西区分开，很重要：

1. 我喜欢的；

2. 客观存在的。

跟你做不了兄弟的人，不能说明 TA 就不是个好同事；没办法跟你一起喝酒聊诗的人，不能说明 TA 业务能力不行；不如你聪明的人，不能说明 TA 就没有可取之处。

不必把所有可用的关系，都强求成自己生活里的一部分；也不必按生活关系的标准，去要求所有可用的关系。

这会让我们错过太多美好品质，错过太多可以借用的力，活成一个以自己喜好为中心的"盲"人。

喜欢的，就按照你喜欢的去处理；不那么喜欢的，也能沉下心来去从中发现值得借鉴的品质，这才是成熟人的做法与格局，路才会越来宽。

（四）

所以，伟大的人，他们总是能够尊重并欣赏自己的对手。

因为深谙一个道理：**你和这个人的关系，与这个人的行为本身/效果有时并没太多关系。**

世间种种，大多建立在"我执"这两个字上："我喜欢"、"我合得来"、"我开心"、我……

当你抛开了"我"的执念之后，会变得轻松而无畏——

不再害怕别人对你投其所好；

不再害怕因偏见而错过善良的品质、优秀的人才。

当一个人能够真正做到：用其所长、珍其所良时，首先，TA 会是个幸福的人，因为其**有能力从世俗的偏见（**所谓偏见，即太在意人与人之间的共性,并以此为标准来评判一个人)中脱离,辨识什么是真实客观的"好",学会珍惜与感恩。

更重要的是,TA 会是一个处处逢源的人。因为 TA 可以超越当下个人关系/喜好去发现一切能为其所用的东西——其所遇到的一切,都被还原为一个个客观元素,这些元素通通只用一个标准衡量,那就是能否促成他自己的目的。

真正的善良，是一种选择，不是本能

（一）

求助这种行为，很能看出一个人的内在特质。

我有一位佩服的朋友，她的求助逻辑是这样的——

"我最近遇到了一个问题，是这样……"

"我主要是在……方面有一些困惑，特别是……"

"我想了想，打算这样做……但又觉得……"

"你觉得怎样？"

一个人的意志力，在其求助的时候体现得特别明显：她的求助不是撒手不管，而是带着自己的想法和结论，有针对性地寻求别人的帮助。

这样，被求助者不会觉得有任何负担感，因为知道你是有主心骨的，所以才能安心地去帮你。一个完全没有主意的人扑过来向你求助，你第一反应往往不是放心去帮他，而是害怕。

更"可怕"的是，如果你仔细看她的话语逻辑，非常严谨。明明是她在求助我,但是我却被她一步步带走了,按她的思路替她进一步想办法。

到了求助这个份上,她都还死死抓着主动权。自己并不确定的事情,她都依旧没放弃思考解决方法。

在求助之前,先把自己诊断一遍,带着假设与别人讨论,这正是一个人主观能动性的有力体现。

这样,即便我跳出来全盘打乱她的原有打算,她也可以敏锐地发现我提议中的风险,直到讨论出更完整的解决方式。

所以,一个人没有答案不可怕,但不能没有想法和思路。

所谓无效沟通,就是彼此都无准备,最后扯到天南海北,或者是一人有准备另一人没准备,结果完全被带偏。最好的沟通是,两个人都有准备,带着彼此的预设框架进行碰撞、纠正、丰富。

(二)

再想想那种懒懒弱弱的思考方式:

"我好烦啊,告诉我该怎么办!"

对方 问起来,你却半天连前因后果都说不清楚,压根没梳理过头绪,晃着一肚子情绪就压了过来。这种情况下,别人哪怕给了意见也不一定有用,因为你没有足够的辨识力。

天助自助者,而又懒又弱的人,往往只是寄希望于天助,反而容易落入偏激的境地。

这种境地叫：**既看不清自我，又对这个世界格外仇恨。**

惯常的病症是：**落成这样，只怪我生性善良，遇人不淑!**

明明是自主性不够，却不愿意直视问题，反而退回内在去寻找合理性，这只是在自欺欺人。

每次身边只要有朋友露出这种苗头，我都忍不住指出这种逻辑的根本错误：一个人天生善良与他有能力选择善良，是两码事。

对于成年人来说，"天生的善良"常常是能力缺失造成的一种无可奈何：

1. 对外界缺乏区分与切换的能力；

2. 对人事缺乏驾驭能力。

相反，一个自主性强的人，既可以应对社会上的复杂关系，也丝毫不会妨碍回家对爱人善良，对家人善良，对朋友善良。

善良，是一种可以自由选择的能力，而不是只能以单纯面目示人的走投无路。

（三）

这个世界上存在一些看似"显而易见"的逻辑，比如：

1. 弱者之所以弱，是因为他们善良单纯。但正因为这种善良，才获得了快乐；

2. 聪明的人大多都很阴险，但也因为心思太重而活得痛苦。

并非如此。

事实是，现实中的弱者很多时候并不是善良，而是懒——懒得想懒得做懒得改变。越懒，就越失去了改造外界的能力。而当一个人与外界矛盾大到一定程度时，其内心的痛苦是难以衡量的，并不会快乐。

而聪明之人也并非阴险（人们常常喜欢把"勤于思索"和"满腹鬼胎"挂钩），他们很多时候是勤奋，勤于思考，勤于实践。当尝试与反思越多，一个人的认识能力就会越强，对自己、对外界，以及两者之间的关系也越能从容地看待，反而会快乐。

人作为一种社会动物，"轻松"其实很难来源于天然，而是来源于后天。只有经历过勤奋积极的"入世"，才能体味豁达逍遥的"出世"：

没有充分调动过自己，你很难体会休憩的舒适；
没有全身心付出过，你很难感恩爱情的来之不易；
没有紧绷，就不会有松弛；
没有经历，我们很难明白什么是真正的善良。

因为作为一种价值选择，善，并不能被每个人一眼就识别出来。不历经自发自主的"折腾"，我们很难真正理解自己为什么要选择做一个善良的人，做什么样的事情才叫作真正的善。

正如罗素所说，若理性不存在，则善良无意义。发自本能的唯唯诺诺，无能为力，只能说无公害，那不叫善。

真正的善良，是一种选择，不是本能。

最难走的一条路，叫回头路

小时候听过一个故事，叫：覆水难收。那时以为，这个词只是教人不要冲动，后悔就晚了。

后来才体会到它里面的另一番味道，那是时光的残酷。

时光是不可逆的，像水一般，泼出就无法再凝结成珠，在时光中，人的状态也是不可逆的。

曾处于一段感情中的两个人，一个已经走出，而另一个还留在过去。后者，是很难把前者再带回到共同记忆中的。

状态不同，终不可逆。

这个词语，很孤独。它揭开了世界客观性之冷漠：再美的花也要凋谢，再快乐的状终成记忆，我们都会往前走。但每个人走的速度不同，所以我们饱受人心难测之苦：你一直揣在心头的，别人早已遗忘成灰，我们无法控制他者的心。

世界上唯一不变的就是变化,奈何人又偏偏执着。

比如回头路。

(一)

人为什么总会选择"回头路"?

有时,是本能作祟。当人往前走得艰难时,就会习惯性回头,这是一种退回舒适区的本性。

对比过去和现在,是我们最习以为常的心理:

"日子越过越好了吗?"

"现在还不如那会儿过得舒服呢。"

"早知现在,还不如当初。"

软弱,是每个人心里藏着的鬼,它总在生活不确定的时刻窜出来绑架你。所以,人常说成功是"熬"出来的,不是那些事多难做,而是心,能不能一次次扛住不明朗的困苦,战胜那些一念之间的游移与回退。

有时,走回头路是不甘。当我们放不下一个人,过不去一个坎时,会侥幸地想再试一试。

比如,你爱一个人,不断地包容,不断地分手,又不断地手贱回头,一次次走回头路。每一次,你都希望能走出一条新路,期盼对方体谅到你的牺牲,生出新的相处模式,却发现对方越来越骄纵,关系越来越不平等,你也越陷越深。

回头路有瘾，勾住的，是人心里的征服欲。很多人愿为了未完成的夙愿，未得到的那个人，一遍一遍杀回去，直到遍体鳞伤。

当然，还有一种最常见的心理，就是觉得：**回头路最好走啊，因为都走过一次了，不过是重复而已。**

恰恰不是，回头路是一个陷阱——你以为一切都能停留，一切都是静止，等着你回去重复。

时间从来都没有答应。

（二）

为什么不要轻易走回头路，仅仅是因为难吗？并不是。

如果一条路，难走却有其走通的合理性，是值得走的。但回头路注定是一条胜算不大的路。

这里面涉及人与时间的关系。

人的形成，或说"我"之所以是"我"，从来都不是出生就如此，而是一个不断变化的动态过程。

小学时候的你，大学时候的你，工作时候的你，结婚之后的你……直到现在的你，距离原生家庭和幼儿性情已有了很长一段距离。如果一个人离家越远，经历越复杂，回首时会发现自我变化更大，时光浓度惊人，数年恍若数十年。

所以，"我"并不是一个名词，而是一个动词。我们口中的"我"

只能代表当下的我，而不是过去的我，也不是将来的我。

是什么在让人变化呢？

时间，时间里裹挟的所有飞沙走石，在一次次重塑我们。

时间往前滚，我们一点点失去自己，又慢慢长出新的自己，新旧融合……不断失去，不断新生，如此过程。

人，会不断吸收环境来填充自己，外界刺激越大，人的重塑也越大。具体变成什么样子，长出的新成分如何，与其身处的环境有密切关系。

（所以我们常劝失恋者换个环境，结识新异性也是同一个原理，因为新信息的进入有助于失恋者被迫形成"新"的反应，占据"旧"的部分。）

同样，不仅你，你的伴侣，你的家人，你的朋友，每一个人，都在这样一条变化的轨道上慢慢往前。

所以人说，感情在于厮守，贵于陪伴，最经不起距离的损耗。不是你们爱得不够深，而是人若不在同一个轨道里，没有共同经验，接受不同环境刺激就会长出差异化的"新"部分，导致两人越走越远。

认为回头路好走的前提，恰是忤逆了以上原理，以为当时的一切因素都还如初，你自己也一如当初。

这很难。

首先,你自己早变了。人若不回头,很难意识到自我变化,总觉得"我还是我啊!"其实,你的身体早已烙下后来环境带给你的部分,离开时间越长,新的烙印就越深。

再次,当初的环境、人,时机,也都在变。李宗盛《给自己的歌》里,有这么一句词:从来只有那合久的分了,没见过分久的合。这话有几分道理,两个人在一起都难以保证会按同样的节奏同样的轨道走下去,更别说早已分道扬镳的伴侣。

那些兜兜转转多年又和好如初的恋人,恰是各自改变,逐渐成了对生活有同样观感的人,才能继续在一起,才会在前缘上找到全新的感觉。如果他们彼此不变,几乎很难再在一起。

(三)

世界上没有白走的路,但凡经历的,总会凝结成规律,教我们更好地往前,这就够了。

与其执着于过去,不如背负着过去上路,朝向未来。

将来的一天,或许你会有种熟悉感:哦,好像过去经历过,我知道该怎么处理了。

这就是"过去"留给我们生命的最大善意。

最终,你会告别那个爱瞎凑热闹的自己

每年底,都会在朋友圈里玩一个游戏,叫:用一句话形容你的2016。

我的 2016:安静而有力。

二十七岁,终于告别了那个爱瞎凑热闹的自己。

(一)

人在面对这个世界之初,大多心怀惶恐,目光所及的一切,都唯恐错过,总是忍不住去凑那些"热闹"的东西:

热门的行业,得瞧一瞧啊;

火热的职位,得试一试啊;

走红的名人,得攀一攀啊;

生怕不去,就错过了时代的洪流、最赚钱的机会,最划算的活法。

那种不顾一切的茫茫然参与感,我也曾如此。

那时候,做每件事之前,谈每段恋爱之前**最先问的不是自己**:

你想做吗？你喜欢吗？而是问天问地问别人问社会：这行业有前景吗？这公司大吗？这男人什么工作，年薪多少？

没办法，人弱小时，只能将希望寄托于外物。

其实挺可怜，却又无能为力，难以自持。我是懂的，每个人都经历过那个阶段。

这也是为什么总劝别人，不要轻易咨询什么专家大师，**你连自己都搞不懂的时候，只能被世俗价值带着跑，越问越稀里糊涂。**

（二）

事实上，每一个时代，都有属于它最朝阳的产业，这是一种常态。

但只有你自己这个个体，是特别的。那个与你的个性契合而生成的产物，才是独一无二的。

在一些人影响下，我也曾了解过各种各样热门，热血沸腾，跃跃欲试。但每一次都发觉自己沉不进，也爱不上，更做不好。

最开始，以为是自己态度有问题，愈加强迫着去努力，反弹却更大，因为结果总是难以满意。

作为一个完美主义者，这让我抓狂。

拧巴了许久，渐渐发觉，其实自己个性是比较小众的，所擅是比较垂直的，或许与那些特别主流的舞台、热闹的人事没有缘分。

人要认清自己，很难。因为我们发现到的自己，并不是欲念中渴望的那个自己。

欲念中的我们，多少是贪慕虚荣的，希望在最热闹的领域，在第一梯队的位置，干一番万众瞩目的事业。当发现并不适合于此时，我们总对自己说：这不是我，这一定不是我，再试试，我一定可以成为那个谁谁谁。

对世俗的"优秀"看得太重，对真正的"优秀"又领悟不到。

这一点在中国人身上尤其明显。

去国外，除了纽约这样的城市能看到北上广影子之外，在很多二三线，每个人都是T恤大裤衩，活得照样自在。日子虽小，人却精神，散发出对自我的充分认同，而对外物的钦羡焦灼也远不如国内明显。

那种自主性的宁静，或许跟经济成熟度有一定关系。

其实，人一旦接受了自己是谁，就会明确集中很多。对"优秀"这个词，会有全新的见解：

优秀，不是广泛的比较：必须进最牛逼的公司、坐最牛逼的位子，成为旋涡中的中心。**优秀是一个垂直意义——在最擅长的角色里做到极致，你就能获得充分价值，无论物质还是精神上。**

不要去和别人比。

活着，要把个体最有价值的那一面最大化，而不是在最有价值的环境里挣扎着做不擅长的事。大多数人宁愿辛辛苦苦做汪洋里的一滴水，却不愿做荒漠中的一小湾清泉。

有时候，人越贪图就越得不到。就像孱弱的小动物，总被那些闻起来喷香的东西吸引，却没发现你啃不动它，搬不动它，它最后还是与你无关。

这个世界上，有那么多种生活方式，你只需找到最适合的，深深扎进去。**把一个擅长的东西做透了，做到顶尖儿了，再小的口子（行业），里面的财富和深度，都足以供养你的一生。**

（三）

浸没在日常的人，很容易有一种戏剧性的心理：觉得这个时代就是历史拐点，自己正是时不我待的英雄。

这种对"时机"的过度执迷，就像塞壬的歌声，引无数青春竞折腰。

其实，你凑热闹的时候，早有成千上万的人跟你在做一样的事。而真正的机遇，很少会明显到让所有人都达成共识。

事实上，那些已经在风口上飞着的成功者，在肇始时并不是凑热闹的人；恰恰相反，他们属于异类——**深深沉进自己的选择之中，不被环境带跑**。

那种发自内心的固执，是任何一种"热闹"都无法诱惑得了的。他们很少被"看起来不错"牵引着走，而是被"我觉得不错"支撑着前行。

正如冯唐微信每一篇文章最后都会提到的一句话："每一个 NB 的人都有一颗笃定的核。"

不是外界决定这个核，而是这个核在塑造外部。

逻辑是：**因为你觉得它有意义，才发自内心做到最好，往外推及，进而影响这个世界**。而不是相反——因为这个东西热闹，所以一次次改变初衷，重新适应一套新的准则。这样人只会像一只无头苍蝇，总是哼哼叽叽在外围打转，进不去最里面。

还是要回到原点：**人是为了创造价值而活着，并不是为了活着而活着**。

怎样才能创造价值？

——把事情做到最好。

怎样才能做到最好？

——**做所有人都觉得好的事，你可能饿不死；做热爱的事，才能做出名堂**。

（四）

现在，自己已不追什么"成大事"了，甚至在疏离这个词。

离它越远，才看清它是什么。

其实很简单：

1. 做你擅长的事；

2. 用它来创造价值。

认准了，很多行为就是自然而然的。

不用刻意去学怎么说话交际；
不用刻意去钻研什么厚黑学。

那些东西只是一种技巧，当你目的明确，行为自会围绕目的发生，这时再调整方式，就能更容易一击即中。

大部分人都在本末倒置，搞不清自己的本心，却花大量时间学习技巧。

想明白这一点，生活便顺遂了很多：
对人对事，没那么多优柔寡断和小心翼翼；
遇到感兴趣的，就勇敢尝试追求；
遇到阻挠价值的，就勇敢去打破。
当你决定只为价值负责时，就不会在意别人是否理解你了。

因为所做的每一件事，于你自己而言都具有充分合理性、说得通。

这才是从心底升起的力量感。

（五）

人的力量感，有两种。

一种来自于外部，比如环境、名誉、职位、评价等；

一种来自于内部，比如你的能力、做事的信念。

以前，我是感觉不到第二点的。与人结交时，往往想到的是第一点：我是个什么位置的人？配得上吗？

但人越是囿于这个东西，就越走不出现有阶层，因为：**你一直在用现有的东西，来交换跟现有差不多的东西，近乎原地打转。**

当然，这个一点点积累往前滚的过程是必要的，却不是最关键的。

人生最精彩的地方，不是线性积累，而在那些"飞跃"的瞬间。
机会，是本应该发生，但没有发生的东西。

首先你要看到它，然后抓住它，这需要一种素质。在那些从环境脱颖而出的人身上，你能感受到这种超出常人的素质：那是一种超越外界种种相似性的东西——他的能力，他存活于世的信念。

是这个东西，在帮你跨越界限，超越那些热闹的氤氲浮华。

（六）

所以，何必再瞎凑热闹，看起来是在寻求机会，但可能只是一种徒添耗损的行为。

安静而充满力量，

1. 找到属于你的核，坚实它；

2. 把擅长的发挥到极致，创造价值；

3. 明确目的，认定你觉得对的东西，运用好力量，一击即中。

这就够了。

那些偶然性的开始和心甘情愿的坚持

昨天我问了自己一个问题:
你生命里坚持最久的那些东西,是怎样开始的?
吊诡的是,它们都不是刻意而为的结果。

(一)
出生时,母亲找人给我算过命。
算命先生说,
你女儿的命,是山上的野花。放到温室里栽培,反倒要枯萎;太营养的东西,她受不起;人为的添加,不适合她的个性,也融不进她命里去。
她的命格就四个字:顺其自然。

小时候我妈说起这个,我是不屑一顾的。
渐渐长大,倒愈觉得贴合:

幼年时，别人家的女娃都是越打扮越好看，只有我一打扮就特别丑；

长大试过无数次化妆，任何妆到我脸上就成了面具，特别诡异；

稍微繁复一点的衣服，但凡到我身上，势必非常做作，只能穿纯色、无束缚、零饰品的衣物；

很多事情越精心谋划，越没有结果，有结果的都是不知不觉完成的；

从小，性格就散漫不羁，游离于集体之外，不喜欢支配别人，也讨厌别人支配自己。

那句"山上的野花"还真是说中了自己的生活。

（二）

重点倒不在算命先生多厉害，而在于我一直相信，

一个人的肉体反应、运势机遇、精神取向，始终是围绕着他的核心气质而走的。

你要是逆着这个东西去生活，很不舒服，很难活出名堂。

有些女生就是适合浓妆艳抹，特别有味道，那种刻意而为不是做作，而是迷情；

有些女生就是适合大气磅礴，特别有力度，那种粗犷线条不是虚张，而是气场；

有些女生就是适合处处小心，特别玲珑，那种步步经营不是束缚，而是精致。

但都不适用于我。

人只要一旦进入"临摹"或"表演"状态，试图按某种标准去成为谁的时候，就会不自然。我们只有在停止定义自己是谁的时候，才成为自己。

那个时候，你的表情才是鲜活的——害羞、不自信、自大、大笑、放空…

这些无意识的状态或许并不漂亮，但自然，是你最有特色的地方。

（三）

很长一段时间里，我未曾意识到这一点。

总是觉得：无意识的东西不够深刻、不够鲜明、不够努力；

总试图以某种定义好的风格固定住自己，要求自己。

这种固定，涉及方方面面，无论是外貌、表情、性格、工作还是爱情，都想狠狠抓住它们，按死在某个地方。让生命，成为一个严丝缝合被掌控的东西。

但其实是不可能的。

一个人原生的气质，早已四散在你每时每刻的呼吸里。它作为你的整体而存在，人是无法时时刻刻去有意识地揪住它们、改变它们的。

这些无意识的点滴，汇聚成大流，便成了你的事业、爱情和生活方式。你可以有意识地去操作一些地方，但很难时时刻刻把它们紧紧攥在手里。

因为人活着，有意识的时刻，是少数。大部分时刻是无意识的，就像你的呼吸。

而那个无意识世界里的主宰，就是你的核。

人，要顺自己的势而为。

这也是为什么，在有些事情上，即便我们做了决定，但最后还是会被打回原形，重新回到某条熟悉的路数上。

因为很有可能，你是在违逆自己。

（四）

人为什么会去刻意矫正自己呢？

两方面的原因：

1. 着迷于明确而彻底的事物

我们会发现，与坚守相比，改变反倒是一种轻易畅快的事。

因为改变，大多依据着某个参照进行，比如你想变成谁，成为第二个×××。

改变会让人觉得轻松，因为你有枝条可依，有物可傍，有事可做。

难的，反而是无依无靠地坚守自己，摸着那条没人走过的路。

社会中充斥着太多"后话故事"。所谓后话故事，是说当一个人成功之后，便将其塑造成一开始就处心积虑，非常明确要什么的人，比如商界成功神话、逆袭腹黑女之类。

而大部分的我们，并不是纯粹而锐利的人，只是混混沌沌普普通通的人。

那种明确而彻底的精神，对混沌软弱的我们来说，就有着致命的吸引力，因而很容易用标签的东西来矫正自己。

其实我们忘了，不管他们是否真实，可以肯定的是，每一个后来活得清醒的人，一开始都是混沌的，不是一出生就特别明确地活着。

我们模仿他们，是永远也成为不了他们的。

因为每个人都是一段线性，我们无法依据一个人后来的模样，去复制他的整个过程。

人，只有沿着自己的气质和纹路，一点点彻底化，自我剥离，才能真正实现自己的风格。

能做的，是勇敢站在自己的深渊面前，站在自己这一条河里，继续蹚下去。

2. 对于目的性的执迷

我们都太过于迷信于一个现代的东西：目的性。

我们坚信事在人为——目的性越强，成功的可能性就越大。

如果你不对一件事投入足够多的目的意识，那么它冥冥之中就会离你远去。

所以很多事情上,一开始就投射了太多的仪式感。

曾在一本书上看到这样的观点:
决定你成功的,不是笼统的练习时长,而是刻意性的练习。
刻意性的练习,听起来真的好戳中人心,但慢慢想却发现了一个问题:

很多时候我们刻意而为的,并不是最喜欢的,而真正喜欢的,有可能是潜意识无心的。

因为中国人普遍有一种习惯:**压抑本我。**

有段时间,朋友圈很流行咪蒙的一篇《职场不相信眼泪》,大意是,职场上受不了委屈就滚回家。

这个又毒又爽的观点引起很多人转发。

但在我看来,除了老板之外,大部分转发者内心都有点奴弱,与其说是在转发观点,倒不如说是在借用这篇文章自我鼓励,掐自己一把,或者让自己显得特别 tough。

一个真正内心强的人,很简单,就是敢直接表达自己的真实感受,而不是"让别人以为我很强"这种虚弱面子工程。

比如,不爽就是不爽,不认同就是不认同,扛不住就敢大声哭出来……这些人活着的最基本的尊严和勇气,在很多中国人那里,是严重匮乏的。

很多孩子从小就痛不喊,疼不哭,受了委屈就反捶自己,开心了也不拥抱这个世界，情绪全都被内化。

久而久之，这个东西渐渐成了稳固的人格（自我报复式的勤奋，阴郁而功利，不敞亮、不团结），我们也会用这样的态度来对待一些人生大事。

比如随大溜，创造力匮乏，在世俗之"好"的事情上刻意发力，而真正的喜好只能被遗弃到了潜意识里。

所以，压抑本我的最大问题就在于：**你放弃了对自己的感知，过度迎合世俗。**

（五）

我的文章，大多只是些无聊的常识，

但常识，却最易被人遗忘。

当我问自己：你生命中坚持最久的事情，它们是如何开始的？

答案挺讽刺的——

那些最持久的事物，大多只是一些偶然性的开始，和心甘情愿的坚持。

既是偶然性的开始，为何又会心甘情愿去坚持？而那些一开始信誓旦旦的，却最终都随风飘散了。

这说明，我们内心真正热爱的，从未被重视，只能以偶然性的形式存在；而那些费尽心机的，却不见得适合你。

人生命中的成和败，其实屈指可数。

有些成功的事情，我们早已忘了它们是怎么开始；而那些开始得耀眼夺目的事情，却最终失败。

不过，幸运的是，无论迷失了多远，生活从未放弃我们。

它的怀中充满着触发器。

给心多留一丝触感吧，让那些偶然性的开始，有个可能；

让自己，回家。

为自己而活,到底有多难?

前两天在微信看到一个标题:《为自己而活到底有多难?》点开文章,里面什么都没说,于是我自己琢磨了起来。

(一)人大部分的苦,都难以杜绝

常有读者跟我诉说烦恼,种种归结起来,是一个东西:我们与环境之间的问题。

难以按照个人意愿生活;

无力违逆父母的期许;

无法割舍家庭的责任;

无能面对周围同事的攻击;

无把握掌握男朋友的世界;

害怕重新开始之后的失败;

……

如果你静下心想一想,会发现一个残酷事实:**我们永远无法杜**

绝这样的烦恼。

人和所有动物一样,遇到疼痛第一反应一定是疯狂止痛,并愤怒地告诉自己:我一定要彻彻底底把它扔出我的生活!

但每一次你都只是在解决某一个具体痛苦,无法断离这种苦:**人与环境之间的对立之苦。**

这正是人一辈子在干的事,这个问题解决了,人也就不再是人,而是神了。

换个角度想,这个根源性的东西,**它是烦恼之来源,也是人生意义的来源。**

如果人一出生就与环境和谐统一,万事万物都以你的意志为转移,我们活下去的所有驱动力、征服欲、成就、竭尽全力执着于一件事的追求终极性的生存哲学,都将不复存在。

生活没有了过程,只剩无数个结果,唾手可得的结果。

这跟世界末日也没有差别了。人活着,无异于丧尸,或是一团烂肉,意志不再。

正如我在《世间从无双全法》里表达的一个原理:任何事情,它的缺陷与优点,往往根源于同一个地方。

即便是人之苦痛,也一样。

看透了这一点,便能将心态调整过来,不再被苦痛激怒,而是平和接受它。

它是贯穿着我们一生的影子。

（二）学习从痛苦中汲取能量

人自出生伊始，就经历着陌生化的过程。我们是新的，而世界早已运转多年，我们只能先适应它。

所以我们咿呀学语、学习知识、学习与人相处，慢慢让世界进入我们的血肉，与我们的性情交织。

渐渐地，吸收到一定程度时，反作用力开始了。

我们重新感受到自己的力量，于是一拨人开始改造世界了。这个过程在每个人那里是不同的，有些人二十多岁便事业有成，有些人则是中年才建立事业，有些人甚至更晚。

改造世界，是我们从人与环境的矛盾中得到的最大解脱。人发现自己的力量，并反作用于这个世界，最终一点一滴改变了世界。

那个曾经无法撼动的外界，终被人所改变，只是你需要积极的心态、充分的学习与勇敢的尝试。

以前，我常抱怨一切先天不足，而现在更多则是感恩。正由于与梦想的距离、与环境的种种不匹配，才让我的一生充满了意义，有事叫干。

不要再去憎恨环境，那无济于事，要使劲也使错了方向。

该调整的，首先还是自己。

（三）为自己而活，到底有多难？

举个普遍的例子。

背井离乡，这算得上一种解决人与环境问题的典型方式。

在很多人眼里，"离开"这个字眼意义重大，好像我离开了，那么我就是为自己而活了。

其实，并不是每一种人都适合离开环境。寄希望于"离开"，这背后是一种偏颇：**把一切都怪罪于环境，因而也把一切都寄托于环境。**

但你会发现，路子走不通时，问题还是在自己。

六年前来北京，认识了一些朋友。有一些后来回家乡了，有一些还在漂泊，还有一些已在北京扎根，甚至有一些，离开北京去了另一个国度。

在这种种中，很难说那些回故乡者就失败了，也不能说那些继续流浪下去的人是失败者，更不能说那些去了更远地方的就是失败者（中国人喜欢以"扎根"来判定一个人是否成功）。

真正的成功，属于那些选择了适合自己性格之路的人。

曾想过，怎样的人不适合背井离乡？怎样的人很难在一个新地方重建世界？

得出了一个答案：**那些忍受不了"临时感"的人。**

一个人生活在异地，最大煎熬莫过于：临时感。

最开始时，我也有这样的痛楚，常常陷入一些可怕的想象：

哪一天自己死在了出租屋内，是不是半个月都不会有人知道？

要是老家出了急事，而我手机又丢了，除了报警之外是不是父母就没有办法找到我了？

走在大街上，如果背包忽然被抢了，瞬间就成了一个没有身份的人，因为所有能证明自己身份和价值的东西（身份证、钱包、卡包、钥匙）都在那一个袋子里。

当你在一个陌生之地以一个寄居者身份存在时，会生生体会到中国人骨子里的东西：**对根的渴望**。

尤其当你混得不好不坏、饿不死又扎不下去（比如买房）时，那种临时感就特别明显：

出租屋内一片狼藉也不想整理，因为那不过是一个暂时睡觉的地方而已；

睡眠，从没有沉沉入睡的安然感，只不过浅浅地打个瞌睡；

日子就这么一天天滚下去，你找不到一个理由去用力，因为一切似乎都只是暂时的……

这种临时感，背后是孤独。没有强大的心理素质，很难撑下去，更别说在这种心情下混出头。撑不下去的，要么回家，要么赶紧找个人嫁了，有个支柱。

但我已经习惯了这种一个人的异地生活。当然也是经历过挣扎的。

之所以能习惯，原因有两个：

1.这种生活方式，更适合自己。

这种临时感的痛，是真实的；但那种回到家乡的孤独感，同样也是真实的。只需要比较两者，你更乐意接受哪一种？

人很容易犯一个错——这里待着难受，就觉得那里一定更好。其实哪儿都一样，人和环境之间的矛盾，你到哪都逃不开。

从来就没有三百六十度理想的生活，只有你选择挨哪一种苦，愿意为哪种生活而放弃一些东西。

只能说，我太了解自己的性格，比起那种氤氲、缓慢、没有私密的家乡生活，自己更适合在一个陌生环境里自由自在舒展自己，验证自己。所以这种临时感，能咽得下去，也甘愿将青春付诸于此，不后悔。

2.在这种煎熬中，我能看到希望。

只有选择适合自己的环境，才能越走越好。人在一次次成功的验证中，才拥有走下去的信念。

在北京，给了自己两个建议，让生活越来越明确。

1.分清楚情绪和现实：临时感终究只是一种情绪，并没有发生那些极端情况。现实还是一如往常，等着你去一点一滴改善。很多时候，我们是被恐惧而不是真正的困难压倒。

2.摆正自己的位置：每一种环境，都有适合它的一套生活方式。在北京，你最好收起过早的悠闲和稀里糊涂，大部分时候保持警觉和持续的努力。在这里，人身体中"熵"的燃烧效率要比二三线城市高出很多倍。

那些在大城市活得拧巴的人，大多是观念和环境的错位——在一个流动性极强的大城市，不利用资源流动的优势，反而希望像个本地人去生活。说实话，不踏踏实实混个几年，真的很难稳下来的，你也容易迷惘，记不得来这里是为了什么了。

（四）为自己而活真的很难吗？

以为难，因为我们总觉得外界有一堵墙阻挠着你做什么似的。但这个世界从来就不存在一个中空地带，那里没有任何阻力，一帆风顺。

最根本，还是人看待自己、看待世界、看待生活的方式在决定着我们是否快乐。

对待生命,不妨大胆一点,因为我们终将失去它

一直觉得,人年轻时,得投奔一种哲学。

它可以不成体系,没有名字,无关学术,但它是一种关于生活的态度。

人需要自己给生活赋予意义。否则,就会患得患失,总觉得没得到的或已失去的比现在拥有的更好。

卤煮很喜欢尼采,他说过这样一句话:对待生命,不妨大胆一点,因为我们终将要失去它。

(一)

活着累,大多因为开始的时候不敢开始,结束的时候不敢结束。

所以我们总是羡慕那些个活得潇潇洒洒的人。

人觉得做自己很难,很大一个原因在于:别人的眼光。

人,总是看高了自己。

我们都带着自恋而活,以为自己是世界的中心,以为自己犯了

错就是世界末日，以为自己丢了脸就一辈子抬不起头。

可是，你真的没么重要。

问问自己，你能举出身边人最不堪时刻的例子超过几个？

根本不记得。

人傻就傻在，常常是自己不放过自己：某一场不堪的分手、某一次糟糕的演讲、某一次不得不低头的示弱……这些事，在旁人心里，不曾激起一丝涟漪，当时笑笑就过了。

重要的不是别人怎么想，而是这些事对你意味着什么？

它们就是你自己，是那个不够美好、强大、那个你不愿意接受的自己。

但是，并非你每一个部分都严丝合缝地受控于自我期待之下，有时候，给那个蹩脚局促的自己留一点空间露出马脚，也是好的。

（二）

生活里还有一种更严重的自我丧失，叫：**生怕别人不喜欢自己。**

害怕被贴上"反应慢"、"软蛋"、"奇怪"、"浮躁"、"不靠谱"等各种标签。**这样的人无时无刻不在逃离真实的意欲，试图活成别人眼中的"优秀"。**

遇过这样一个女生，非常努力，对任何工作唯命是从，活得几乎成了一个铁人，对手下的人也犹如教导主任一般苛刻。但她每天早上来公司常常说一句非常惊悚的话：人为什么要活着？

100%的原话。

好几次，在高强度的工作场合里，她号啕大哭，情绪失控。

这不由得让我思考一个问题：什么情况下，人的自律会变成一种痛苦的自我强迫？

即便对眼前的生活毫无热爱，依旧命令自己像驴子拉磨一样闭着眼高强度执行。

——内心深处的自卑。

这种人看似强悍，却非常脆弱，他们害怕不被这个社会认可，坚信努力就一定能成功，不允许自己（或身边人）半途而废开小差……

这些都没错，在这样强度下，你也许很快会在职业技巧上熟练起来，却难产生创造性的成果，因为你忽略了你的**自我感受，你真正的兴趣。**

它们才是人发起努力，为之奋斗的原动力。

再者，人与人、人与世界的关系，不是靠机械的推进就可以的，而是要靠"人味"。

人味，是你知道自己是谁，也知道对方是谁，基于兴趣和共同点的创造性沟通。

缺少自我认识，以及推己及人这一环，你和所有人的关系都是表面的。人和人之间要沟通深入，得基于内容。而优质的内容，有一个前提：**说话者是有灵魂和立场的。**

所以，在这个世界上搭建关系的前提是，先成为你自己。

（三）

不要害怕错过那些别人口中的"幸福"。

人，尤其中国人，总害怕错过一些自己没有得到、而别人已经得到的东西，有时他们并不确定自己是否真想要得到它。

过度未雨绸缪，却从未享受当下；过度完成任务，却从未完成自我认识。

我们会发现，如此意识下，人变得异常脆弱。

这种脆弱体现在，你总是能轻易被威胁到。

"你看那×××，当初就跟你一样，现在这么惨。"

"你要是再不×××，就来不及啦！"

"我以过来人的身份告诉你，×××。"

威胁之所以能深刺你心，因为它看准了两个点：**时间和得失心。**

在结果至上的生存环境里，每个人都害怕"耽误"，格外听命于经验主义。

"对待生命，不妨大胆一点，因为我们终将要失去它。"

这句话意义就在于此——

时间，不是用来盛放和传递经验的盘子，它是用来体验的，体验的本质在于未知，未知才带来生命的不可重复性和独特性。

另一方面，容易被经验论威胁到的人，往往自身的生命意志不够强大。

我们会发现，生活里有些人稍微被软磨硬泡一下就松动了，而有些人无论外界怎么掰，总能坚持到底，为自身行为找到符合他自己目的的合理性。

注意，是符合他自己目的的合理性。

这就是生命意志：人找到自己存活于世的意义，在这种意义的统摄下，其言行举止都会带有一定的自我目的。

纵观古今伟大的历史人物，无不如此。他们很难被外界说服打垮，哪怕迂回前行，依旧要抵达目的。

经验，是因成功了才具有说服力。只要你能成功论证自己的活法，你也可以成为经验。

所以，无须对经验诚惶诚恐，也无须害怕错过什么，只要想明白，对你而言，怎样活叫作"耽误"，怎样活才算"不耽误"。

那些非常明确自己生命里要实现什么的人，很稳，不慌。

Part 5.

到底
怎么做才有用

如何改变职场上"弱弱的"境况?
最有效的就是最笨的方法

  常常有读者问:职场上自己太弱,怎么破?
  很多人觉得,一个人职场上的"弱",跟 TA 的位置挂钩。
  "职场上被欺负的,都是菜鸟啊。"
  "你哪里看到过上司、老板弱弱的?"
  "越是职位低的,越是容易被敷衍。"

真是如此吗?

不妨把这个问题往下深挖一点点。
首先想想,"弱"这个字意味着什么。

(一)
  人常常想到的一个答案是:弱,原因在于一个人的工作能力不强。

确实，一个工作能力强的人，往往更易于获得信任和权威。所以，基于这个前提，你只需要努力提高工作能力。

但这其实还是没有挖到根本。

弱，最根本原因不在于你的工作能力，而在于你不够专注。

工作能力，是一个时间和经验的积累过程，而专注，跟一个人的位置、资历、背景并没有关系，它才是决定一个人无论在任何层次上，是弱还是强的根源。

同样是初入职场的一批实习生，我们会发现，有的孩子并不怯懦，小有主意；有的稀里糊涂，不知道该做什么；还有的早早就跟在别人后面学着八卦埋怨……

排除掉智商因素，很大一个因素是因为那些自信的孩子更加专注，主动性很强。

我曾带过一个实习生，他也时不时犯错，执行任务的速度慢，很多问题答不上来，新人的毛病他都有。但他做事情特别专注——开会的所有会议记录一人包揽；每次沟通他都会都带个小本子过来，把需求一个个记住，复述清楚再去做；发布任务之前，一定要微信烦我确认；每天下班前发一封工作 list 的邮件……

所以，他很少犯低级错误，心里也有自己的主意，让人感觉很稳。有时候我催促他接一些新活，他反倒稳稳一句话甩过来：稍等下，这个事情还没弄完。

他是个新人，但我能说他弱吗？不，我从没觉得。他专注的神情,刨根问底的劲儿,有条不紊的节奏,不会让人觉得"弱"。相反,我从没把他当实习生,而是同事。

因为一个人的主动性,是可以弥补客观信息缺失的。

一个人的专注,比某个领域的"经验"重要很多。前者是贯穿在这个人所有行为中的"魂",而后者只是"肉"。当一个人有了专注意识,哪怕转行,哪怕刚从学校毕业,也没有什么恐惧的,因为专注能力会帮你调动起在之前领域中积累的经验和认知,打通相似的问题,发现共通的解决方法,尽快弥补信息不足。

(二)

让我们再想想那些"非弱者"的典型——上司、老板、那些位高权重的人。

这些人为什么不"弱"?

大多数人会这么想:位置高呗,权力大呗,谁见谁都怕啊。

依旧犯了本末倒置的错误。

位置高、权力大只是结果表现,而不是原因。

原因,仍然是他们的专注。

因为位置高,其所做的每一个决策都会带来巨大势能影响,所以必须把每一种可能考虑周密,每一种风险尽力排除,专注度必然相当高。

他们对待事务，早已经不在"完成"的层面，而在"挖透"的程度。

和大部分人的区别在于，他们已经积累了丰富的执行经验、管理经验和自我控制经验，所以对这些人来讲，专注，俨然是一种习惯素质（对"内力不深"的人来说，调动起专注的力量是很费力的）。

相传有这样一种说法：一位普通产品经理切换进一个特定用户的心理去打量产品，要花很久的时间和精力，而马化腾则只需两分钟。

但对很多基层员工来说，这些领导优秀的专注品质常常被视而不见，好像只因他们是领导，才不"弱"似的。

（三）

一个人在职场的"弱"，不因你的实际位置决定，而由你把自己所放的位置决定。

当你明明身处职场，却不专注于工作本身，而把自己放到一个工作之外的位置上时，你就弱了。

什么意思？

哪怕是公司的保洁阿姨，看起来位置"卑微"吧？但那些真正专注于让公司变得干净的阿姨，真的很让人"害怕"——她们总是对把茶叶倒在地上、厕所纸乱扔、座位垃圾桶爆满的行为盯得很紧，同事们都小鸡啄米一样对阿姨的监督服服帖帖。

但那些整天在厕所和茶水间里说闲话打电话、做事情马马虎虎的保洁阿姨，你会怎么看？轻视。

很多时候，我们自己也正是这样。

工作时，不沉浸工作本身，而是把工作和自我生活混为一谈，八卦、抱怨、打小报告等。

仔细想，这就是你和那些强者的最大不同。

领导们，总是在工作信息的释放上毫不吝啬：提前向关涉人员释放各个环节信息，打鸡血，充分说明合理性，保证执行效率和通畅性。

而他们在个人信息释放方面却非常谨慎——不过多参与群体活动，不过度暴露个人情绪，不充分坦露个人立场，让你摸不透他，又莫名其妙信任其专断。

人，常常是因事（结果）而立身，因人（关系）而倒塌。所以他们对事聚精会神，对人际关系上适度克制。

而那些"弱弱"的员工，却是相反——做事不专注不周全不紧迫不知界限，八卦抱怨倾诉时又处处将私人心情牵扯进去。

所以，所谓的"弱"，跟能力、位置看似有关系，却不是根本。最根本，在于你是否把自己和工作位置摆对了。

最好的办法，也是最笨的方法——专注。

忍受每一项事务的琐碎枯燥，锁定于每一块具体问题之中，执行力是职场中最重要的基本功。

答案虽简单，大部分人却很少真正想明白它的合理性——**人们从不会认为一个对事较真的人弱，只会觉得一个事弄不好还有一大堆情绪的人弱。**

因为职场上的尊重，来源于你能带来的价值，越专业的公司和职场人越是如此。

使人有乍交之欢,不若使其无久处之厌

(一)

《菜根谭》上有一句话:使人有乍交之欢,不若使其无久处之厌。

大意是说,**交朋友,与其给人一见如故的惊喜,不如在日后漫长的岁月中不使对方厌烦**。

我非常喜欢这句话。

现代社会,人比任何时候都迷信"一见如故"——撸个串喝瓶酒就好像成了生死之交,喝次咖啡抽根烟就好像寻到了合拍的合伙人。不仅是寻常老百姓,各种名人大佬写的微博出的书里尽是"一秒钟我就看出他跟我是同一类人"的奇迹。

如果你仔细体味,会发现,和父母辈谨慎而郑重的仪式感相比,我们这一代人更愿意将情谊建立在飘忽不定的"感觉"上,更愿意相信"惊奇"而不是常识,相信偶然而不是因果,相信毫无征兆的东西里必带有某些命中注定。

我们在美化那些未经事实与年岁验证过的东西。

为什么？

因为我们活在一个急速滑动的世界里，密密麻麻挤在一辆急速行驶的列车中，窗外景色还未清晰就已在速度中再次破碎。

每天，我们都要见很多人，这些人大多不是从小到大的朋友，而是无数次偶然遇见的人，以及他们再次携带而来的偶然。

人与人建立关系这件事忽然变得极其简单，见个面加个微信就算"认识"，周末出来喝个茶聊个天，就算"了解"了。

其实这些只是弱关系。

所谓"弱"，它与你的生命并不产生深的交织，只适用于在某个关键节点派上关键用场，比如帮你介绍工作，帮你推介资源，就像一条后路，一个支点，一个瞬时可以发挥不可思议作用的角色。

我们看似适应了这种工具化的"弱"关系，但人性中的本能始终没有改变过，依旧向往着惺惺相惜的"强"关系。

在这样的落差下，会发生什么？

生命中忽然多出了很多虚假的"一见如故"。我们在太多"弱"关系里寄托了"强"关系的情结。

要生长出真正的"强"关系，需要很长时间，这是一件无意识的自然结果。它不太符合现代社会中有意识的规划、结交、储备等人际方式，而流动的生活方式也不适合培植稳定的"强"关系。

所以，我们便将对于终极关系的向往投射到一段段短暂相识中，并带着被命运"钦定"的荣光去定义很多并不扎实的情谊。

为什么说是"荣光"？

因为现代人多自恋，总是易于认为自己就是最聪明、最特别、最不得志、最悲壮的那个人。与上一个时代相信集体、缩小自我相比，我们的时代，是一个充满自恋的时代。

在整个自我意识转变过程中，人逐渐走向了自我戏剧化——我们都相信自己是那个被奇迹选中的人，终于遇到"故人"、找到"知己"。

像一个被催了情的人，与生活做爱的过程中，幻想着自己是它唯一的宠儿，获得了渴望已久、求之不易的一记奖赏。

难怪当代艺术总在诉说着一个主题：当代人都是失落的流浪儿，在世上寻觅最难获取的东西，而他们的渴望却比以前要深一万倍。

（二）

我的生活中，好朋友非常少。

读书时，小学、初中、高中、大学、研究生各有几个好友，但每当继续走一步，好友就会少一波；工作后，第一份、第二份、第三份工作，每一份工作中都有很多聊得来的人，再往前走一步，好友又少一波。

才发现，**人的大部分情感都根植于共同的环境和话题。**老同学聚会，朋友聚餐，聊来聊去最后又落回以前的桥段，以前的朋友，以前的笑话。

难道流动的人必然没有朋友吗？

不尽然，我们的生活里，始终有一些穿越了时间与场景的朋友。
但回忆起最初的相识，反倒记不起有任何"一见如故"的惊喜，记不得是如何开口认识。有一些人开始我甚至并不喜欢，并执拗地认为肯定不是一类人。

但就这样，最后竟成了最了解彼此的朋友。

品人，就像喝茶，有些人一开始无味甚至略苦，但渐渐会有回甘。
与其一开始打得火热，我更喜欢顺其自然地结识。

渐渐发现对方优点，渐渐看清一个人，渐渐接受他的优点与缺点并存，渐渐明白**他的好与他的坏有着无法分割的必然**，渐渐发现自己对他的依赖……

那种每经过一段时光，再重新打量他产生的新感觉：噢，原来是这样的人。

和朋友的相处，是动态的，这个人会不断地走向丰满——从陌生突然的他，变成你以为的那个他，再变成实际的他。而你也会在与他相识的过程中逐渐看清你自己：噢，原来我是这样来看待一个人的。

这样的结识，在我看来，要好过瞬时的"一见如故"。

所谓的一见如故，只是人从自己出发来想象对方，我们不外乎只是想找一个跟自己类似、合拍的人，并以此麻痹自己。

但面前的这个人真是如此吗？

我不知道，也很怀疑。

世界上有多少人正是看准了你单纯的轻信和自恋，才能成功地讨好你，迷住你，产生那些短暂的欢愉与长久的失落。

其实淡如水的相处真是不错的，日子一开始或许普普通通、磕磕绊绊，却在后面的时光里藏着星星点点的惊喜——

"噢，她跟我有一点真的很像。"

"她不在的时候，好无聊。"

"每次心烦就是下意识拿出微信跟她吐槽几句。"

那种越来越美、越来越依赖的感觉，犹如细雨，润物无声。

使人有乍交之欢，不若使其无久处之厌，我猜喜欢这句话的人，心理年龄多是比较大的：慢热，实在，不愿过度粉饰一段情谊，不爱戏剧化倾吐自己的历史，也不放纵自己投入当下的沉醉。

因为我们明白：

我就是我，你就是你，没那么多喜出望外的"本是同根生"。

生活没那么多轰轰烈烈，再多的不可思议都得化入点滴破碎之中。

　　若能在日常中偶然发现对方一个人性的闪光点，一种本质的善，它就会亮很久，足够照亮我们未来的一段路。

世间从无双全法

生活里的困苦,很多时候源于人忽略了一个原理:

鱼和熊掌不可兼得。

大部分人意识不到,自己一直在试图解决一个根本不可能解决的矛盾。

(一)

这种矛盾在人性上体现得淋漓尽致:

一个本性纯良的人,往往很难"聪明"。回忆一下,老家的发小,他们是你最能交心的人,却很难在事业上助你一臂之力。

一个太灵敏的人,往往很难忠诚。想象一下,如果你是老板,是不是也更愿雇用那些忠心不贰而不是鬼点子太多的人?

一个有本事的人,往往很难本分。琢磨一下,是不是老公非常成功的女人,婚姻经营要付出更多的心力维系?

所以,人真的不要在一个点上苛求太多。

如果要的是一份安心无害的友谊，就别强求 TA 必须在事业上有能力拉你一把，因为对方作为一个可信赖的朋友已经很难得；

如果要的是进步与机会，就不要埋怨别人时不时带给你威胁感，因为跟一个比自己优秀聪明的人相处，就是很难放松；

如果找的是一个有本事的男人，就别要求他像小男人天天跪舔哄你，也别为那些招蜂引蝶的事一哭二闹三上吊，因为任何人都想靠近有价值的事物。

不是劝人愚昧地知足常乐，只是希望从根儿上看透：**很多事物从它们的形成土壤就决定了彼此是互斥的。**

聪明和善良、灵敏和忠诚、本事和本分等这些人人都想兼得的品质，天生就很难兼容。（聪明、灵敏、本事意味着更好的思维延展性、更强的信息获取欲望，而善良、忠诚、本分则更是一种坚守。不是说聪明之人就不善良，而是说聪明人的善良，是一种世故之后，后天的选择，不是天生的。）

人性，就像 CD，你选择了播放 A 面，就很难同时听到 B 面。

不要对一个人同时要求太多，这样别人累，你也累。看不透这一点，活着就很苦。

每个人都是优点和缺点并存的个体，一个人的好与他的坏有着

无法分割的必然，源自同一个源头，指向一个人人性中占主导的品性。

比如实在的朋友有时候就会木讷，聪明的员工有时候就易浮躁，会赚钱的老公就不爱做家务。

每个人在你生活中都有着相应位置，对他人应该有一个合理的预期，哪种人适合发展成哪些关系，心里要有数。

比如好朋友首要无话不说的，爱人首要人性善良的，员工首要责任心强的……太苛求其他非主要需求都是在耗费自己的心力，也让别人不舒服。

（二）

除了人性，鱼和熊掌不可能共存的道理在事物价值层上也一样。

一个最普遍的境况：人总是不知道要什么生活。

很多时候，并非我们不明确要什么生活，而是知道了太多种生活的可能，觉得每一种都很好也很想要——这一种很好，想要；那一种也很好，也想要；还有一种也不错，似乎也可发展发展。

但，不存在可以同时共拥的美好生活。

去一个有更多机会的环境，就意味着激烈的竞争厮杀，意味着你不可能过懒懒散散、啥也不想的安逸日子；

想成就一番事业，就意味着没太多时间看电影逛护肤品店逛商场，意味着你得学会与孤独相处；

想活在光鲜亮丽的聚光灯下，就意味着得把台下大部分时间花在打理关系、维持个人形象等事上,意味着田园世外的日子就成了奢侈。

一种生活方式优越,往往因其在某个方面达到一定极致,有一个延续性积累过程。一旦你选择其中一条,在这个积累过程中,实际就放弃了另一种生活。

丰盛的商业机遇与小日子的人情温暖,现代企业管理与细碎的生活之美,受人关注之重与没心没肺做自己……这些人世间的种种美好,很难兼得。

(三)
要活出极致,就是智慧、取舍与面对。

智慧,是有悟性看得透事物之间互斥的根源,能顺着每一种表象(各种优秀的品质、美好的生活等)摸清辨识出其成形的根本土壤。

大部分人只瞧得见各种各样美好的表象,任其支配自己的欲念,这也想要那也想要,拼尽全力,却庸碌一场,内外俱伤。

求而不得,乃人世之大苦。

所谓取舍,就是要活得垂直。只有在一条道走到黑,一根针扎得够深,才能出色。

那些所谓"成功"的人,他们只是在心安理得地做自己,有人喷有人骂有人怀疑有人不喜欢，他们依旧安安心心做自己，并不在意太多细枝末节。

所以真正做自己的人，并不会特别纠结，不会在喜爱和擅长的路上给自己添堵，反而是不断在欲念清单上做着减法，像渐渐掌舵的船长，越活越精准，越活越从容。

所谓面对，是有勇气面对来自与你选择不同的人或观念的怀疑与否定。

世界是这样，你活得越垂直，走得越深，你面临非议的可能性就越大。所以有一句话："如果人人都能理解你，那你得普通成啥样。"这句话的深层在于：人越专注，就越意味着排他性，也越容易触犯那些其他"普普通通"。

这并非让你对外界的批判置若罔闻，而是要清楚外界所说的是否真正与你有关。如果这些与你要实现的、要达到的无关，那就忽略过滤，不让它们干扰你自己的目的。

真正的内心强大，是从自己的目的出发，以对你"有没有用"为标准来处理周遭环境和信息，而不是被信息本身说了什么带跑。

为什么越优秀的人,越难觉得快乐?

(一)

朋友圈里,有这样一类人。

他们很少发朋友圈,最新状态甚至停留在年初,而且多是转发和工作,记录生活的内容甚少。

好无聊啊。

但奇怪的是,他们都很优秀。

我也问过:为什么你不发朋友圈啊?

回答:没什么好发的啊。

他们是真的觉得没有什么好发的。

对我这种看个段子就能哈哈哈,尝个美味就想嘚瑟,看个风景就想晒照,看到不通文章就想喷几句的人来说,不刷存在感简直丧失了活着的乐趣。

但这些人真的就是懒得刷。虽然他们经济水平和个人能力都很好。

(二)

生活里的快乐，不外乎两种：

一种是遇到着实开心的事儿了，吃了好吃的、穿了好看的，受到了表扬，涨了工资……

另一种是成功证明了自己很快乐。

导演贝纳尔多·贝托鲁奇说：没有爱，只有对爱的证明。幸福也是如此。别人觉得你快乐，比快乐本身更让人满足，这就是虚荣。

以上两种快乐，对应两种心理倾向：

一种是知足常乐；另一种是越匮乏，越炫耀。有男朋友的妹子都懒得晒幸福，恨嫁的姑娘则只要发生点暧昧就恨不得全世界知道。

而优秀的人，这两方面都没有。

(三)

优秀的人，很难满足。

永不满足，是其之所以优秀的核心。他们身体里像安有一台小马达，总在鞭策自己：你不可以停下来。

这样的例子，生活里有太多。

读书时，认识一位开挂的师姐，落落大方，气场外露，硕博全保，校研究生会会长，工作能力极强，男朋友比她还优秀很多。她是那种一本书能从晚上一口气读到早上五点，然后面不改色去工作的人。

生活里，我曾在《那些从头再来的人，后来过得怎么样了？》

一文里写过一位远房亲戚，结了婚生了娃还下了岗，四十多岁过了大半辈子，发现生活不是自己想要的，毅然考托福出国工作，带着孩子重新开始，现在在加拿大过得挺好。

因为写公众号，微信里多了很多做内容的朋友。朋友圈和微信群，无论白天黑夜都在冒出各种文章。我忍不住问：大家都不上班吗？答案是：很多人都在一边做着跟写字全然不同的工作，一边在业余时间里疯狂码字。

有人会说：这些最后成功的人，都是少数啊，你怎么不说那些累得半死还一无所获的人？

我只能说，**一开始就怕输的人，怎么都很难赢。**

优秀的人，之所以不满足，从不是为了那个唯一的结果，而是为了不放过那些可能导致结果的希望。

他们失败过第一次，第二次，第三次，依旧会一次次尝试。因为对他们来说，追求过程本身就是一种快乐。从根本上来讲，是一种对生命"物尽其用"的世界观在支撑着他们，而不是某一次结果。

任何事情都是一分为二的：容易满足的人，自我驱动力往往不高，所以活得轻松；不易满足的人，自我鞭策能力强，也容易陷入焦虑。

无所谓好坏，只有适不适合自己。

（四）

优秀的人眼里，没什么事值得炫耀。

炫耀这种行为，有一个前提：炫耀的事件大大超出了炫耀者的日常。

月薪两千元的普通妹子，有一天被土豪带着灭了一顿高大上的晚宴，饭桌上的她很难按捺得住：靠，得赶紧发个朋友圈啊！她很清楚，这事儿在自己生活里有多罕见，自己朋友圈里的人多么难以企及。

炫耀，本质是对自我圈层的超越与否定。

但到了努力而优秀的人那里，为什么就不值得炫耀了呢？

不是说优秀的人不喜欢比较，恰相反，他们很在意比较——比较过去与现在、变好与变坏、进步与退步，但他们的比较，是建立在真实性之上的。

优秀的人都很务实，对于什么是实实在在的拥有、什么是偶然性的虚幻非常清楚。

另一方面，我们会发现，**越是优秀的人，越是拼了命地努力。**

因为不满足的背后，是焦虑与害怕。

他们知道：**得不到的美好，永远没有尽头；已得到的美好，却有可能随时坍塌。**炫耀，则暗含着一种懈怠、自满、享乐以及好运即将用尽的意思。

这深深戳中了他们的痛点。

所以优秀的人会控制自身力量，将欲望转化成自律——**克制虚荣心，放大自身不足，从而保持饥饿，维持苦修。**

如乔布斯所说：stay hungry，stay foolish。

上帝给了你一颗饥饿的心灵，就必将忍受如坐针毡的煎熬。

（五）

优秀的人，较难感到快乐，并不意味着他们就不快乐。

生活里，总有一种声音：

"活得那么累干吗？你看×××，在家相夫教子不也很快乐吗？""人嘛，健康、善良、开心就好了，其他的就别折腾了！"

好像那些努力的人都过得有多惨似的。

但人活着的快乐，是无法用某一类"通常"、"应该"的生活方式就能统摄的。

生命的快乐，在于奔头。

奔头，对不同的人来说，是不一样的。

你觉得陪伴孩子快乐，因为孩子的幸福快乐就是你的奔头；

你觉得旅游画画快乐，因为这些内在修行就是你的奔头；

你觉得投资赚钱快乐，因为看着数字一点点上涨就是你的奔头。

优秀的人，更难感到快乐，并不意味着他们就不快乐。

只不过他们的快乐，跟世俗定义的快乐并不一样。

在世俗看来，有福不享就是傻×。在优秀的人看来，通过自主

行动，获得相应回报，这种验证自身能力的过程才是快乐。

而压抑自我真实感受，为了外界眼光而试图活得"聪明"而"划算"。

那才是真正的不快乐。

为什么总是易于追逐,又易于厌倦?

几天前,跟一位读者聊天,她问了我一个问题:

为什么总是对得不到的东西更感兴趣,得到了又不喜欢了?

我想这是很多人心里的疑问。

(一)

陈奕迅在《红玫瑰》里早就唱过:得不到的永远在骚动。

人,都带有一些贱性。

够不着的,总在那里闪闪发光;而轻易得到了的,却觉得一般般,就算明明喜欢,也会不自觉贬低这种喜欢。

就好像你去买衣服,看到一件特别喜欢,老板说一千元。你问八百元卖吗?老板说好啊,卖给你。

你立刻就忘了自己一开始有多爱它:老板怎么能这么快就轻易答应呢,这衣服肯定不值,有问题。

这也是人性一个值得玩味的地方,反过来用:**当你想毁灭一个**

人的执念时，千万不要吊他的胃口，而是立马答应他，让他自己去玩味。

一旦距离消除了，吸引力也就消逝了。

人为什么会有这样的心理呢？

说到根本，是一个残忍的事实：**世间从来没有完美，只有人心目中的完美，它注定在一个你抵达不了的地方。**

任何东西，一旦到手，美就开始消逝，回归到它们本来的样子。

那个你心中一直想拥有却从未曾拥有的人；

那个你一直想完成却从未抵达的梦想；

那条你一直想走却从未踏上的路。

它们完美，恰是因为你从未和他在一起过过日子，从未进入梦想背后真实的日子，从未面对那条路之后支离破碎的日常。

我们常说，一个人在感情里着了魔，也有这个意思。

一个人能在一段感情越陷越深，一定不是因为 TA 已经拥有，而是从未真正得到过，或者说这段感情从没真正成为 TA 生活的一部分、始终没有填满 TA 的不安全感。

这就是虐恋（第三者身份、不伦关系、单相思、苦追冷暴力、注定看不到未来等），你陷入的不是对方，而是自己给自己下的套：爱上的，是你想象中的那个人，是一段从没到手的关系，它死死地勾住了你。

你要明白，此刻它已是最美了。等你得到它时，就要走下坡路了。

多么讽刺。

但当你真看破了这一点，反而会变得勇敢。

接受得了生活中"美"的消逝，因为这不是任何人的原因，不是你不够爱他，不是他变得不完美了，这只是一个最普遍的现象：你们之间的距离感逐渐消失了。

无论你换个对象、换个环境，还是换个宇宙，这个过程只会一遍一遍上演，像浪潮，不可能永远处于巅峰。

人与外物的关系，迟早要经历"祛魅"过程。

这样，你便不会再轻易去嫌弃一个人、丢弃一段感情，因为换个人还是一样。

而生活的本来面目从未改变：坚硬、粗糙、无序、含混。当一地鸡毛的日子渐渐显现时，接受就好，这是必然会发生的事。

真正的勇敢，是看清生活的本来面目之后依旧热爱它。只有孩子，才会任性地索取源源不断的浪漫。

（二）

说说这种"得不到的永远在骚动"病症的另一种心理吧。

有时候，我们对于得不到的事物的偏执，**仅仅来源于其他人对它的追捧。**

很多人，从小隐藏着一种阴暗的好斗性，他们对于需要"争抢"的事物格外有兴趣，而对于触手可及的东西视而不见。

当一个目标出现很多竞争者时，他们会释放出非常可怕的斗志，不惜付出一切。经历一番厮杀，对方终于放弃了其他机会，主动投怀送抱时，一瞬间，却觉没意思了。

他们只是享受这个抢夺的过程。

这个阴暗的心理，放到情爱中，常常体现于"专挑别人家老公下手"。

之所以说"阴暗"，因为他们总觉得别人拥有的，要比自己的更好；或者觉得很多人都想要的，才最有价值。

他们对于事物的判断，不来源于内心，而是来源于世俗。

此种人，嫉妒心和占有欲也会更强一些，但一旦真得到手中，却不会珍惜，原因也很简单：

因为这个事物一旦到手，后续价值就没有了参照。

举一个例子：

在正常情况下，一对情侣从了解、吵架、复合等全过程，一定有属于他俩的缘由。而一个女人对一个男人的中途觊觎，不是因为了解他，只是因为很多女人追捧他，说他条件好。

即便最终得到那个男人，也只是从中间切入，少了跟他从柴米油盐酱醋茶里建立的认识、信任、接纳。这样任性而来的感情，对彼此都不公平。

所以，这种人看起来充满狼性，却是一具空心之壳，缺乏自身价值判断的生命自足性。**只有在外界参照下，他们才能拥有拼下去的力量。**

很多时候，这种易于追逐又易于厌倦的心理并不是故意而为，而是一种难以自控的意识。

根本原因或许在于未能真正深入生活，只是浮于表面（自己的想象、他人的评论、世俗的眼光）。

以下两点，兴许会有帮助：

1. 不要过度渲染你未曾了解的事物，没得到的东西必定也有其缺点；

2. 多接触外界，多识人识己，客观看待一个人，不要沉溺到自我世界中。尽量从适用性（是否合适于你），而不是有用性（一个人的世俗价值）来做选择。

去摘取那些属于你自己的果子吧，别再被那些外界诱人的香气迷惑。

有些东西，你能接触到，不代表就属于你

随着物质信息进步，人很容易接触到各种各样的高大上，久而久之，就会产生一种错觉：**那些可以碰触到的一切，好像就属于我们似的。**

这一点在北上广这种城市，尤其如此。

经常看到明星，好像自己的圈子也成了娱乐圈，或许你只是在签到台负责签到的；

经常接触牛人，好像自己也置身于高层商业圈，或许你只是参与搭建的；

经常与各种名牌打交道，好像老家那些人都是土老帽……或许你只是看柜台的。

其实，生活很少那么容易就改变，世上也没那么多轻易就能打破的玻璃顶。只不过在信息爆炸的年代，欲望让日子成了气泡下变形的幻影。

比如，有一个很常见的词，叫作"资源"。

（一）

首先，能接触到一个人，那不叫资源。

"资源"和"人脉"，是两个挺烦的词，里面有太多浮躁和空心。

手机里有谁的电话号码，那不叫资源；

和谁吃了一顿饭，那不叫资源；

甚至和谁睡了一觉那也不叫资源。

一个人能找到马云，和他能和马云以独家优惠谈成一件生意，这是两码事。

这个信息畅通的时代，要找到谁，一点也不难。

接触，仅仅只是第一步。

（二）

别把平台，错当成自己的实力。

从实习到现在，我的工作都属于中介，既不生产内容，也不参与核心业务。

刚入职那会儿，觉得自己屌屌的——认识好多人，大家对我也好客气啊。过了一段时间，渐渐觉察到了一点：**并不是自己厉害，而是我所在平台（公司）及职位性质（采购权）带来了这些"客气"。**

它们让我在工作中易于结交关系，等于说，别人是知道我所在平台及业务叼能，才对我建立第一重信任。

于是，我开始焦虑：一旦离开这个平台，我的个人竞争力与独特价值在哪里？

（反向思考，你也要利用平台，完成"接触"这个阶段。）

（三）

最好的"名片"，是你的独特性。

建立"接触"只是第一步，难的是要把这种"接触"深入为日常关系。

从个人角度来说，是要能和一个人建立良好的私人关系。比如说，对方了解你的为人、能力、赏识你、信任你。

它建立在你的个人独特性上。**这个独特性，可以是内容，也可以是你的个人成就。**

所谓内容，就是你的人格魅力以及相应输出，比如素养、观点、谈吐、思维、情商、气质等；个人成就，极端情况比如你是老板，公司就是你的名片。如果你不是老板，那你最好有一些深度参与的、具有生产性（纯拉皮条这种凭空搞关系的都很脆弱）的业务。

这个业务其实不一定要是工作上的。

举个例子，有一位朋友的老公，狂爱潜水，去年参加各种潜水展，围观世界各地潜水大咖，想跟着一起学，无果。后来，业余时间跟朋友一起做了个很棒的潜水网站，内容和其他业务都开始对接合作。今年，他拿着这个网站去展会，不再是围观群众，而是有一定身份的深度参与者，顺利结识到了一位很厉害的自由潜的竞技选手，并开始上课。

能代表你独特性、能力的东西才是一个人真正的名片。

（四）

为什么这么强调"内容"和"业务"这两个东西呢？

因为你只有深入了解内容，或者深入参与某项核心业务，才能言之有物地与人沟通。

我们会发现，如果纯粹为了拉关系而拉关系，效果往往很差，始终是表面的，走不深。

人与人之间有效的关联一定是有中介的——你们之间是基于某个共同的东西，或者你说服了对方来认同你这个东西，从而变成共同认知关系。

以内容结识人，以道理说服人，这是我觉得最好的结交方式。

不了解业务的纯关系工作，是不可能做好的，而且你很难获得尊严。

很多时候沟通的本质是销售，需要让别人来认同你（你的观点、你的产品、你的公司、你的业务），前提是你自己要非常了解它，才知道如何将内容做出花儿来贩卖给对方。

（五）

或许正因如此，我一直是关系慢热之人，常常不着急扑上去结交。

记得刚工作时自己总在想：到底什么是沟通？有人跟我说，不用懂专业内容啊，聊生活才是建立关系。

其实是这样：当你懂内容了，自然可以不聊内容，因为你是行家，聊生活人家照样能跟你聊成朋友，一切不过锦上添花；如果你啥也不懂，聊生活聊八卦再 high，始终是个花瓶。

人和人之间沟通，常常讲"感觉"，尤其在优秀之人的圈子里。

那个"感觉"，是什么？

你肚子里的货。

优秀的人，多少有点高傲。钱能让他们跟你打交道，但肚子里有货才能跟他们做朋友。

当货不够的时候，关系只能一步一步铺，路只能一步一步走。

所以要参与核心业务，增强内容能力。

说白了，一个人，无论是什么职业、什么职位，最重要的是建立个人的话语权。

个人话语权，可以是内容、是某个业务，甚至是你自己的一套方法论。

本质，是要树立被别人尊重的个人价值，这样你才不会被某一个单一维度（业务 KPI、权威、利益、人际等）完全左右。

尊重你身体中那些互斥的力量

（一）

如果有人问我：你现在状态是怎样的？

我的回答是：不知道。

这是实话。我清楚每天在做什么，却无法用一种贯穿始终的东西统摄自己。

关于我是谁、我的未来，它一直都不明确。

在不同朋友的眼里，是不同的我：严肃的我、逗比的我、正统的我、阴暗的我、爱玩的我、一本正经的我、不务正业的我。

自己天然能适应任何一种圈子和生活，却很难信仰其中任何一种。

变化，似乎是自己生命中唯一不变的东西。

所以我对生活的唯一要求就是：**每一年都要有好的变化，至于是什么变化，不做要求。**

听起来是不是很可怕？一个奔三的人，怎么能活得这么没有规划？

这就回到了那个本源问题：**对你来说，什么是正确的活法？它来源于哪里？**

忘了在哪本书上看过一段话，大意是：

大部分科学逻辑，其实最开始都肇始于直觉。人不是凭空抽象地导出结论，而是感觉到某个方向可能是正确的，然后按"感觉"去试着论证，最后成功。

"活法"其实是一样的。

要有勇气追随自己的心和直觉。

那些"该怎么活"的东西，如果到你那儿的时候，已经是结论成品了，而不是从你心里扎根、萌芽，经由你自身合理化的话，其实还是在被动活着。

人怎么能按照一个连自己都未曾理解且信服的东西去活着呢？

这才是可怕的。

但大部分人都是这么活着的。

我们被一些传递下来的"理念成品"推着往前赶，却没有盈余空间去揣摩自己的存在方式。

一旦你有这样的倾向，就会被警告：你这是在偏离规划、糟蹋人生。

不好意思，在还没找到属于自己的终极答案之前，我愿意"糟蹋"。

（二）

这些天看了几部金融电影：《大空头》《大而不倒》《监守自盗》。

比起金融知识，电影中呈现的"人性之盲"更让我触动。

那是一种人性的盲点：**当我们深深沉溺于驱逐之物时，已经很难跳出来思考那个东西是否是正确的了。**

电影主题都是2008年次贷危机，后来的人复盘时，发现很多高危险信号在当时早就暴露了，却被金融精英们视而不见。

就这样，劣质债权越垒越多，杠杆越来越大，内部人已经看到巨大的崩溃近在眼前，而庞大的金融机器依旧在疯狂加码，评级机构还在不断往不良资产上打上AAA的高级评级。

整个系统不可遏制地坠向临界点，成了一个大汽油罐，只差丁点火星，一触即发。

一个聚集了最精英的群体，怎么会这么"盲"？

什么情况下，人的理智会完全失效？

群体性的逐利趋势。

这种情势绝非仅在金融领域，在生活的迷思上更是如此。

人越处于驱动力很强的群体趋势之中时，就越难分辨情势，即便是原本很明显的问题，依旧视而不见。

比如人活着是为什么？

这个问题，当你忙得要死的时候，是绝对不会去想的，但答案其实简单得要命：

它是你自己的一辈子，不是别人的，也不是时代的。

活着不是为了取悦别人，不是超过那些看不见的对手，而是要先说服自己。

那些闭着眼睛就跟着往前冲的人，却从不知要往何处去，真的很累。

（三）

最可怕的，不是没有规划，而是不了解自己，陷入茫茫然的系统性浪潮（社会是一个巨大的系统）。

不知道怎样过最舒服，怎样过不舒服，找不到穴位激发出自己的潜力。

所以，摸清自己生活的脉搏，很重要。

正如开头所写，还未安定，这就是我目前生活的脉搏。

始终有一种急剧的变动感。

这种最内核的变动感，与日常变迁无关，它深埋于平静之下，但我能感觉得到它，它排斥着任何一种固定下来的努力。

那些试图全权控制我生活的人事，最终都一一出局。

这些行为并不依我自己的意志决定，全是无意识的选择。

这就是一个人的本性——**身体里的互斥力量。**

（四）

其实人都是互斥的，只是程度有别。

基本上，内在互斥性越强的人，越难安守于一种生活状态。

内在互斥的一个很大原因，既是一个人的优点，也是一个人的缺点，就是性情层次太多，太灵敏，心里能容下很多可能。

总是能从一种可能迅速联想到另一个可能，很多东西都能接受，并且可以来来回回通着来想，通透性很高。

但太通透，太灵敏，就是灾难。

一个人要有所执着，就不能太灵，须稍微钝一些。

不通，才有固着，才有积蓄，才能有势能，才能有力量（太灵的人，往往软）。

某方面迟钝，才熬得住紊乱、烦琐、枯燥和无意义的漫长过程；而太灵的人，总是一下子通到底，失去了百转千回的过程，也容易丧失经过积累才能获得的靠谱机会。

但这并不意味我们要去压制这种多样性与互斥性，关键是要控制它。

灵与钝，本就各有所长，关键是看用在何处。

首先，尊重这种互斥，它是你最独特的地方。

如果你也是个有多重可能性的人，痛苦可能会多一些，要经历很多矛盾：我会成为谁？我的多样性是否会阻碍自己成就一番最终的事业？为什么无法执着于一个事物干到死？

不要再死磕这种问题，因为这个阶段很可能你真的没有答案。

唯一的办法，**就是安住。**

当你的心，不能安住于此刻时，恐惧和欲望便无孔不入。

安住于当下某一件具体的事，忍受紊乱和暂时的困苦，去经历一个事物的每一个阶段，感受专注与执着带来的蜕变。

第二，不要打压互斥性，不要抹杀可能性，顺其自然去寻找它们的共性，让资源渐渐聚拢，朝着一个方向汇聚。

人一定会试图统一自己的身体，变得越来越集中，但不要为了集中而集中，而是去促成这个过程自然地发生。

人的一生，其实是两个大部分构成：**1. 找到自我和目标；2. 实现目标。**

很多人其实是没有实现第一步，就奔着第二步去，结果常常到一个尴尬的时刻发现进退两难。倒不是说一定要泾渭分明去区分，而是不要着急自我绑架于一份为了稳定而稳定的生活，时刻保留自我拷问的习惯。

找到目标，本来就是人生的一部分。人生并不是完全为了实现目标而去的。

为何不享受这个自我驯服的过程呢？

经历过这些，我们终会从一盘散沙趋于集中，那才是真正属于你的平静，而不是听命于外界的焦灼屈从。

好眼光，是能在事物成功之前就发现征兆

（一）

前些日子，一位朋友跟我抱怨道："唉！刚刚辞职的那家公司，竟然上市了！要是我现在还在那，早就发了。"

这话，好熟悉。

不久之前，她就跟我吐槽过男朋友："不知道为什么，就是对他没感觉。"

我了解她，直接说："觉得他没本事？"

"哎呀！你知道的，我并不是贪钱的人。"她说。

我笑着低头，不再多说什么。

"有钱呢跟有本事不一样，没文化的土豪我也不会喜欢呀，男人有本事是一种魅力！"她认真地解释。

我承认，她说的也不是完全没道理，但总觉得哪里怪怪的。

没过多久，她果然甩掉了他，我已经记不清这是第几个了。

后来,她的前男友做学问做出了名堂,交了个漂亮小学妹,两人一起去了美国深造。

她一声叹息:"为什么我命这么苦?"

这些事搁到一块,我终于发现哪里怪怪的了。

一个有本事的男人确实有魅力,但在他成功之前,你怎么就发现不了他的潜力呢?**有些人,只能依据事情的成败推导原因,却缺乏自己的眼光,这是一种典型的权威主义。**

人,在什么情况下能拥有自己的眼光呢?

信念。

曾在《路子"野"的人,世界是他们的》这篇文章里说过,人生因"信"而丰盛。只有非常清楚自己想要什么,才会对于人事有取舍的标准。

一旦缺少"信"这根主心骨,就容易像一条小狗,疲惫地追着自己的尾巴,陷入无止境的追逐:**你追逐,永远是已经比你高出很多的生活,后者看不上你,你也很难追上它;而那些当下不如你,或不起眼的潜力股,你又没有耐心去了解,只是粗暴拒绝。**

这也解释了很多女人一直嫁不出去、很多人工作一直高不成低不就的原因。

问题在两个方面:

1. 只看得到一个事物的当下价值,无法将其视为一个过程看到未来的潜力;

2. 只看得到一个事物的世俗有用性，而不是对于你自己的适用性。

（二）

只看得到事物的当下价值，造就一种常见心理：**不愿共苦，只想同甘。**

这样的行为从来都不少见——公司没有起色的时候，走得比谁都快；伴侣陷入困境的时候，分手比谁都主动……等到曾离开的东家或男朋友翻身时，又自怨自艾命不好，一辈子东奔西跑，什么好也没落着。

这能怪谁呢？

不要随意羡慕马云老婆那样的女人，一般人很难成为她，因为权威主义者们发现不了身边的潜力股。

权威主义者功利地追求效益，容不得一点点不确定，这也是其局限：**很难从品质本身出发，不愿意为一个未知的事物付出，尤其是投入到一个共同成长的过程之中。**

倒不是说这些人不能吃苦，而是他们没有独立的信念支撑其去真正付出。能让他们吃苦的理由只有一个：目前看得到的好处。一旦看不到这个即刻可见的利益，他们就放弃了。

只相信胜者为王，败者为寇，缺乏信念的人就像是藤蔓，依附于已经存在的强者。

其实，成不成功并不重要，最为可惜的是，他们错过了过程：经历一个事物从发自内心喜爱、投入、失败，直至圆满的过程。无论是自己的事业，还是看好的男人，抑或是一种坚持的活法……过程里，你验证了最初的念头，走过了一场外人无法体验的心路历程。

过程，才是比结果本身更难能可贵的生之体验。

（三）

只能看得到事物的有用性而不是适用性，则是另一重苦：活得好似一只陀螺，兜兜转转，一事无成。

大部分人，常常耸着耳朵听别人的评价：

"这一行好啊，你看那谁谁谁都投资了！"

"这公司体面啊，连×××的亲戚都在呢！"

"这个男的不错，倒追他的女孩一片一片的！"

……

耐不住性子找准自己的节奏，只要是"好"的事物都想得到，就想茫茫然碰碰运气：

于是费尽心思让自己更美身材更好；

考各种一辈子可能都用不着的证；

去种种场合递名片结交"人脉"；

……

总希望被幸运之神砸中，但世界的精彩却最终与你无关。

世界上的事物常常并不如我们想象的那么简单。奶茶MM难道真的只是因为清纯的面庞，哥伦比亚大学交换生的学位，还有偶遇刘老板的运气所以成为很多人眼中的幸运儿？

我们不得而知，但舆论中这种肤浅推测只会让投机风气甚嚣尘上。

虚荣的东西看起来越来越真切，但通往它们的路途却始终遥遥无期。

问题还是在自己：**缺乏有力的眼光。**

它来自于清晰而冷静的自我认知，并不是每一种"好"都会属于你。

生活是一片巨大的洪流，而你的手掌只有那么大，要抓牢急速浪花中那条属于你的小鱼，其实很难。

很多人看着巨浪中四处游来游去的机会，这里一下，那里一下，不过一场空。

选择，是每一个人的权利。

难的是，遵从自己的内心去做选择，符合你自己的境遇，稳狠准地下手。

好命，从来都不是碰来的运气，而是一个人在好眼光之下做出的种种选择，这些选择最终把你推向了属于自己的最好生活。

人,如何跟生活发生一场正确的关系?

人之所以迷茫,大多因为找不到一种与生活发生正确关系的方式。

(一)

卤煮读了整整七年中文,却没有走上两条最惯常的道路——做老师,或者媒体写字者。(这两者我都试过)

做老师时,觉得讲台上的自己在演另一个人:一个穿着铠甲,顶着光环,编织梦想(或谎言),给孩子们打鸡血的角色。

抱歉如此形容老师,我只是想表达一个意思:它不适合我。

看过一部德国电影《浪潮》,剧中男主角的妻子是一位中学老师,每次上课前她都要服用一颗镇静剂。

那时,我常觉得自己也需要一颗。

我必须控制台下一切紊乱,而那些小生物是无法用理性说通的,所以我只能直接摆出身份,使用威严,不需理由。这一点让我难受,因为它像一种"暴政"（无须经过合理化的过程，就直接支配行为）。

我必须放大未来的种种美好，"引诱"他们努力学习，考所好大学。而他们在那个年纪是很难懂得生之艰难的，必然听不进去，我也由衷觉得他们应该享受青春，而不是压抑自己。

所以，我做老师，一定不合格的。

（二）

没当成写字者，大概跟自己的一个观念有关：我喜欢写字，又不想以此为生。

对我来说，描述生活和亲历生活，一直是两码事。

从小，我在"描述生活"这件事上有些天分，对有关生活方式的一切异常着迷。

小学时，老师问我们理想是什么，我说，我想做一个生活家（自创词）。

高中时，跟朋友们写幻想日记，听各种风格音乐、看大中小流电影，想象在不同地方流浪，穿梭于不同文化。

但这些都没实现。

因为，我发现自己迷恋的，并不是真实生活，而是一种关于生活的感觉。

就像我们喜欢读一些灵魂文字，它们并非生活本身，只是关于生活的感觉。

生活，只存在于人离开它的时候。当我们浸没于一段生活时，是感受不到它的，我们只是在"过"。

而这正是一个写字者的痛苦：**写字者的人生，总是浮浮沉沉——沉下去游一段，然后浮起来透一口气。**

他们注定是旁观者，很难倾情投身于宏大叙事，也警惕各种无端的热情。所以"不疯魔，不成活"的体验，写字者很难有。实干者都是极度偏执狂。

但我的性格中，始终有非常"土地"的一面：向往实干、追求功利、信仰逻辑。

这个东西让自己更想从事一些现实而刺激、挑战而实操的工作，沉到日子深处，直面生活的支离破碎。

所以没成为一个靠写字为生的想象者。

（三）

现在的我，是个两面派：

既踏实构建——享受"撸起袖子拿起铲子就干"的热火朝天、热爱每一件突如其来的破碎、验证每一次从0到1的过程、为未来做着俗气的规划；

也肆意想象——逃离所有利益关系和生存需要、沉溺于一本书中、描述关于生活的种种看法、与志同道合者聊一些不着地的东西……

在尘埃未落定的年纪里，不必早早追寻确定性。

承认你的"小贪心",没什么不好:

既想做一个无欲无求的观察者,又不愿放弃实干功利的生活。

这两种状态,少了任意一种,都让我坐立不安,觉得不再是自己。

这就是目前我与生活发生的关系。

我承认身上这种矛盾性,并接受它,我也不排除未来的任何一种可能和变化。

那个时候,我相信会与生活发生另一场关系。

(四)

这个社会,有时在强调一个错误的东西:做你自己,纯粹的自己。

但人往往并不是纯粹的,而是矛盾的。

我们需要不同的情境,去满足自己不同的心灵面相。

人总在过早追求生活的确定性,迫不及待地给自己安一个角色,然后安安心心演下去。

但这个东西是不对的,如果是对的,为何还会有那么多矛盾和失落?

我们总是自己织"网"把自己缠死——

我是个领导,所以我就不能……

我的主业是,所以我就不能……

我学的是××专业,所以就最好……

我的性格是,所以最好……

没有那么多不能，生活的属性是液体，只要留出一丝空间，它就能流淌出自己的形状，生出让你意外的野花。

有一段时间，我也曾忙着考证、忙着找工作、忙着相亲、忙着追逐一切可以立刻让自己稳定下来的因素。

却从没有想过：**我是谁？它们是我想要的吗？**

我们想早早稳定下来，不过为了活得轻松一些，以免去做决定的痛苦。

但轻松就一定是快乐吗？

并不一定。

有时候，刻意阻截那些可能，只会让自己更痛苦。

而那些额外的可能，也并不会毁掉你现在拥有的一切（家庭、工作、地位等），恰恰相反，它是你之所以独一无二的东西。

我们总喜欢把一个人最显著的一面，放大成为其全部价值，并归因于他成功的唯一因素。

但并不是。

为什么那么多成功的商业家，生活里会喜欢研究佛学、维特根斯坦？

为什么那么多拼搏多年的人，会去一个宁静的地方开茶馆？

为什么那么多主宰热闹的人，会在一段时间里环游世界远离浮华?

因为一个越能创造价值的人,其灵魂一定是越丰富、越矛盾的。

他有能力将无数个自我安放于一副皮囊之下,并让每一个自我都得到丰富发展。

没有人是 100% 的工作狂、政客、喜剧演员……他一定有你看不到的其他面相。

一个人的成功,从不是因为单一性,而是因其能与生活发生正确的关系,处理好不同的自我。

(五)

在我看来,与生活发生正确的关系其实很简单:

1. 找到你是谁:你的分裂,你的不同优势,你的多样欲求;

2. 不要过早追求确定性,合理安排时间,充分发展自我的不同面相;

3. 异常努力,异常耐心,将决定交给时间和机遇;

衡量是否"正确"的标准其实也很简单:

现在的生活状态,是否让你饱满、平衡、平静。

人,在每一个阶段,确实会有一条主路——作家、商人、家庭主妇、职员,等等。

但这个位置,不是你预先给自己假设的,而是它逐渐发展而成

的（包括促成它的机遇，也不是强求而来，而是伴随着能力发展而跟上来的）。

前提是，你要给生活足够的空间，孕育那些美好关系。

人在没有平台的时候,如何能尽快"起来"?

有读者问我关于工作出路的问题,说实话,我不优秀,也没有牛逼的经历。

但是,关于年轻人如何尽快脱颖而出这个问题,确实一直在思考,也相信:只要有一定意识,人一定能少走弯路。

所以,权当分享,把自己一些不成体系的看法零星列出来,欢迎讨论。(标题不知道该起什么好,就以某位读者的问题为题吧。)

(一)保持清醒,别把平台当作自己的实力

有两件事,让我去年有了这个意识。我的职位在工种中处于资源枢纽,所以一开始我还觉得自己屌屌的——认识好多人,大家对我也好客气啊!去年,我渐渐看透一:**并不是我本人厉害,而是我所在平台(公司)及工作位置给自己带来了这些"客气"。**

它们让我能执行一些工作,完成一些业务,更易于结交关系。

也就是说，别人是知道我所在的平台，才对我建立第一重信任。说白了只是一张有点价值的名片而已，纯业务关系。我开始焦虑：一旦离开这个平台、这个行业，甚至去掉中介之后，我的个人竞争力与独特价值在哪里？（当然，反向思考，你要善于利用所在平台，它是你一无所有时的优势。如果你处在一个行业中还不错的平台里，尽量借助力量，拓展你的价值与关系，同时也为平台创造更多价值。就像《明明嫁得好，为什么李玟还这么拼？》中写的：人世间一切关系，最深处就是互益的交易。）一定清醒地看透：别把平台当作你的实力。另一件让我明白这个道理的事，是写公众号。有很多文章都破了十万＋，但其实意义不大，人家平台粉丝几百万基数摆着，几小时破十万＋轻轻松松，跟我写的内容半毛钱关系都没有。

幸亏我没犯傻自嗨，恰相反，自己认识到了一个很重要的道理：

做内容很难，但做渠道更难；做内容很重要，但做渠道更重要；没有自己的渠道，你到哪里撑死是一个专栏作者，而没有一个可以持续产生价值的平台。

这就到下一个问题，什么才是最难，又最有价值的？

（二）真正的实力，是能够从 0 到 1

所以，在我看来真正的实力，是能够：

1. 从 0 到 1；

2. 做出一个可持续发展的渠道或模式（产品、平台、公司）。

否则，顶多算得上一颗棋，一个局部，一个环节。关于如何扎实搭建一套模式，还需要很多年实践和磨炼。但有一个很重要的思维意识是：别把内容看得过度重要。现在都喜欢说内容为王，我以前也笃定这句话。但现在自己坚信，内容虽为王，但对商业来说，整合与搭建才是最重要的。前者只是运营的一个局部，后者才与规模相关。

我以前很喜欢匠人式的内容制造者，就像某人所说：做一个U盘式随时可插可拔的自由人。

如果你志愿做个自由工作者，当然 ok，但如果你追求规模系统的商业模式，这就小家子气了。很多从内容发家的自媒体，终要落到探索商业模式，不能靠一味接广告和输出内容的小作坊模式。

若某作家写一辈子矫情小说，撑死是个标签。但我相信，某一天他忽然明白了：与其沉醉于内容中，不如清醒跳出来，想想怎么分配内容，整合作家，搭建一个产业机器——源源不断生产内容。学不会分享、放权与团队，就很难尝到整合与分工带来的规模势能，终究只是个匠人。但是，他并非一开始就是商人，文笔很强，有很棒的内容制作能力。他是靠自己的内容火了起来，建立个人品牌后才做产业的。如同娱乐圈里很多明星，红了以后，有了资源关系才开始自己的工作室。这里隐藏的一个"捷径"是：**你自己依靠内容先红起来，再以此为砝码搭建你自己的渠道，会容易很多，两边互相供给，形成闭环。**

内容，是很好的起点，但不应是你的终点。

(三)明白什么是机会，并制造机会

借力平台、锻炼内容能力、探索模式的实践，还不够。人，还需要能够识别机会。什么是机会？机会的本质是：本应该发生却没有发生的东西。

人如何能够识别它呢？我相信这种识别思维能力的内核是：

1. 多年经验积累；

2. 对现象极强的抽象化与模式化能力；

3. 极强的推衍扩展、拆分组合能力，能从一件事迅速通到其他层面很多事；

4. 从第2、3点带来的极强预见性和敏锐度。这样，人既有了深度，也有了广度，最关键的是，他有了速度。

为什么速度（思维的灵活适应性）如此重要？因为机会常常不会在我们的最近手头发生，而是在远处那些能唤起你联想的相似处里发生。抓得住机会的人，往往能从当下境遇中迅速想到其他类似可能，或从其他事物中联想到与当下的相似性，从而建立连接，就像巨人能迈出很大一步。而懒人，只能在日常的四周走走转转，迈几个碎步子，因为他们没有"元"思维，总被看似不同的琐碎现象扰乱，失去了方向感。当你明白了机会是本应该发生却还没发生的事，又对于日常的合理性有很强的敏锐性，你不仅可以更容易发现机会，甚至可以结合境遇一步步制造机会了。这时，你会发现，一切只不过是顺其自然地过渡，一点矫揉造作的痕迹都没有。因为你顺应了时势。

（四）看清楚限制性条件，提前避免或解决它们

创造机会是"攻"，而实现过程里，要注意"守"——看清楚限制条件。很多时候，方向对了，却不一定能成功，因为我们受限于各种规范和制约（主观和客观），所以要提前避免或解决它们。这里的关键，没有捷径，只有两个字：操心。

工作里，相信大家都很烦这样一种人：说得很多，结果事情每次虎头蛇尾只干一半，最后让别人擦屁股。读书时，我在一家外企实习也这样，每天累得要死，下班晚还总挨骂到哭，跟朋友看电影到一半被骂回公司继续给自己擦屁股。很长一段时间，我都在怀疑自己的能力：是不是任何一件小事都完不成？

换到现在来看，很简单：因为用心不够，操心不足。无论任何一件小事，都是有一个从始到终的过程，你有没有彻彻底底地跟进直到完成？比如当时给媒体寄礼物，我总是寄出了就不管了，而我的 leader（她当时已经是经理了）从包装，到要地址，写地址，记录单号，上班第一件事就是查礼物到哪里了，催快递，确认×天之内是否收到，最后完成 feedback 问候……每一个细节，都操心到位，负责到底，爽爽利利。这件事给我的触动很深：事情不是交给别人

了就结束了，不要过度相信你自己之外的其他外力。如果是你负责寄礼物，就真的要负责到礼物到人家手里才行。

人跟人的差异，有时候真很简单，就在于你是蜻蜓点水，还是执行到底。

当操心成为一种习惯后，你会发现自己比别人担心得早、考虑得全，少吃很多亏，少怄很多气，少受很多措手不及的伤。最重要的是，你能尽早考虑到很多限制条件，提前打出时间量解决或者寻找替代方案。最终受益的是你自己——你将比很多人活得从容，效率更高，拥有更多时间创造更多价值。

良性循环，从操心开始。